夢時・年

周紘立 著

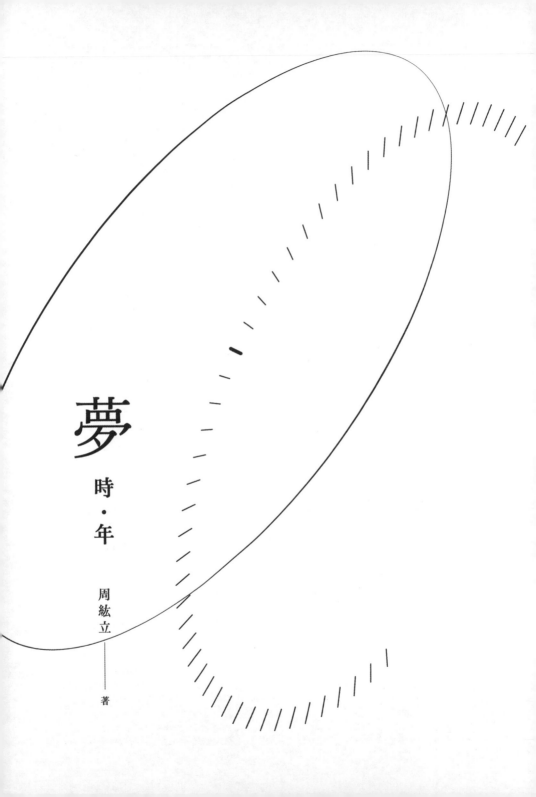

推薦序——

輯一——日間殘餘

輯三——超譯註釋

目次

輯二——為夢找解釋

推薦序

幽暗華麗的肉體廢墟

——讀周紘立《夢時年》

郝譽翔

怎麼看都覺得我這篇序文的標題下得古怪：「幽暗」又如何能夠「華麗」呢？而「廢墟」只有毀損破敗，更是和「華麗」兩個字扯不上邊？所以這標題就像是一個不會寫作的孩子，硬生生擠出來的形容詞，沒頭沒腦的矛盾和不搭，教人看了只是迷糊，不禁歪著頭地感到齒冷。

然而紘立就是這樣一個不搭的人。他的父母幫他取的名字十分響亮，但他自己卻偏喜歡諧音「紅利」，充滿了喜感，而且是一種蠅頭小利也好的、喜孜孜的庶民歡喜。但若要說紘立老練世故嘛，他卻又天真浪漫得就像一個大孩子，雖然懷有滿腔的理想和抱負，但那抱負卻多少帶著股童稚的傻氣，就像是一個從日本漫畫裡跳出來的人物。

但也難怪紘立寫起散文來是如此的迷人，自成一格，而那是從本性之中渾然天成的，既細膩婉轉，又灑脫大氣，旁人根本學習模仿不來，只因他就是一個矛盾的綜合體，乍看之下有如孔雀開屏，抖著一身鮮豔亮麗的羽毛登臺了，然而仔細一瞧，卻又發現處處都滲透出暗影。

那暗影如同不甘死去的冤魂，流淌在字裡行間，哀哀戚戚地嗚咽著，又像是依稀聽得一縷南管的絲竹樂聲迴盪著，飄散著，而渲染成了一種既現代摩登，卻有古雅蒼涼的韻味。

所以「華麗」怎麼會不能與「幽暗」同行呢？而「廢墟」來到了紘立的筆下，竟也透出華麗燦爛的光影。我尤其喜愛他對於臺北城市空間的書寫，從他所生長的萬華寫出了摩登秩序之下的反面，而那是一張「三十二顆牙悉數落光的張開嘴，舌頭是紅地毯，咽喉往下是全然的黑暗」。

紘立就以華麗的感官打造出一座夜的國度，而現實和夢境彼此交融，難解難分，就連善與惡、愛與恨都是。他寫道：「荒地。無草。水窪窟窿彼此相連，無秩序的人造湖泊。一窪一坑皆在發光。」故在這無秩序無生命的所在，卻仍有光。處處微亮，而夢在發光，精液也在發光，路燈之下更是撒落漏斗狀的光束，一盞接著一盞，在黑夜之中，有如繁花綻放。

我以為紘立的寫作和人生美學更趨近於直觀，無須辯證，只要文字所及之處，就有如探照燈掃過黑夜，而浮光掠影底下存在著深不可測的深淵，直落入生命的底層，千瘡百孔的廢墟，那是靈魂的馬里亞納海溝，全世界沒有任何人造訪過的最深之處，以致幾乎失去了救贖的可能。然而只要有光，便有了一絲仰臉向上、重新浮出海面的希望。

看《夢時年》中寫他到雲南格拉丹高原陷入高山症的譫妄，忽而跳接父親癌末陷入昏寐的最後時光，而他亦陷入重度憂鬱哭喊：「不是我爸死，就是我死。」兩個人只能活一個，而自己如果不想回歸正常，便是反向成為脫軌的瘋子。故從橫逆乖訛的弒父逆倫，到伏地謙卑懇求原諒，如此逆反的兩極在大腦之內劇烈地彼此拉扯，那儼然是一場怵目驚心的生之折磨，靈與肉合一，兩者皆無從解脫，只因為「我的世界充斥抱歉的過敏原」。

所以紘立的喜感和歡樂，不也就是出於這樣一種「抱歉的過敏原」嗎？他用笑來遮掩對於人世的過分敏感，也總是比旁人更早一步察覺到了生命所必然歷經的苦、無奈、不安、惆悵、憤怒……，這不就注定了他必得要走上寫作的這一條路？因為唯有通過文字的驅遣，他才能刻鏤出這個世界的真實面目，以及對於人類必然崩壞的不捨，和痛哭。

也因此《夢時年》是紘立對於人間的深情凝視，不管是對於生命中大多缺席的父親，到情感糾葛最深的母親，乃至於母系家族、情人，就在那「天空半明半暗，太陽與月亮同時橫掛東西兩方」的世界裡，「黑暗裡燃有金黃的光」，而我們聽見了他對於已逝（失）之人的聲聲召喚，溫柔而且耐心地，通過了這本散文密密麻麻的文字，建構起屬於他的萬華生命史。

我們也彷彿在閱讀之際，穿越了臺北城西那重重疊疊的水泥牆壁和木造隔間，那充斥著潮霉味的老舊公寓樓房，發現竟仍有一浪漫天真的大男孩，依然坐在書桌前，孜孜矻矻地伏首書寫，一個字接著一個字，認真寫下了他對於周遭人們的不捨之情，即使暴烈也是溫柔，仍在渴望著愛的微光。

即使只是微光，也好。那是救贖的契機，從廢墟中長出了一對天使的翅膀，潔白得發亮。那更是一個人直到中年，卻仍舊可以保持樂觀和天真的不二法寶，而那樣的光彌漫在整部《夢時年》之中，讓我們讀了不禁感覺到：有夢真好。

（本文作者為臺北教育大學語文與創作學系教授暨作家）

推薦序

周紘立的返場秀

——笑著笑著就哭了，爬不完的憂鬱山和幽靈父親

楊隸亞

首先，這可能不是一篇很傳統的推薦序。

我認識紘立的時間實在太早，可以說我是先認識紘立，才認識「創作」的。該如何描述那個「古早年代」的友誼呢？

大約二十歲的時候，我們都住在東海大學大度山的學生公寓，那時沒有串流平臺Netflix或Disney+，想追劇看電影，得用迅雷、狐狸等媒介「抓」影片，下載一部戲得耗費宿舍網路跑上一整天時間；當然，也沒有Spotify，想聽音樂得

用千千靜聽，天馬音樂網。我們都曾經有過想要聽張惠妹最新單曲，打開卻發現下載到「謎片」的經驗，莫名地進入「看謎片，轉大人」的青春時光，〈我可以抱你嗎愛人〉變成另一種限制級版愛的抱抱。

回想起來，那是一段灰暗但偶有光亮的日子吧。

紘立小我一屆，算是學弟，我和技安妹、系上的系花在學生公寓被偽裝成日劇或流行歌的「謎片」震驚之餘，還差遣他去買宵夜。他發出不情願的抱怨聲音，但總在深夜裡提著脆皮雞排和珍珠奶茶回來。我推開公寓落地窗往下望，深夜的他在樓下吸菸放空。菸霧散開，他的眼神不知道是發呆或思考些什麼，總覺得和白日「瘋瘋癲癲」、喜聊八卦的那個他，不太一樣。

嘮叨、碎嘴、愛抱怨，某些時刻好像會搞砸事情的紘立，卻有著近乎相反的另一個人格，另一個「他」會在創作時間現身。細心、深刻、凝視世界的眼光純粹且通透。我常常思考，另一個「他」究竟是以什麼樣的方式存在於世界上呢？

他家住在萬華，母親在市場賣小菜，父親扛瓦斯打零工，與母親口角衝突，暴力相向，後來離家棄養母子二人，家中還住著一個精神耗弱的大阿姨，會把沙拉脫當沙拉油倒進平底鍋煎香腸、或是不小心在樓梯間便溺。直到現在我仍記得很清楚，他在我面前談起家庭背景，一副嬉皮笑臉，口氣輕鬆的態度，但在周芬伶老師的創作課上，一場個人的創作行動展演，他跪在老師身邊哭了十分鐘，淚眼汪汪問：你可以當我的媽媽嗎？

成年人還在尋找媽媽，除了媽寶，只有一種可能：自小失愛。

父親長年缺席，與母親無法心靈溝通，紘立在一個失能、失愛的家庭長大，即使在萬華巷弄「走跳」，學會了江湖上與人相處的方式，把自己磨成一個社會化的成人，但內心深處始終存在的不安全感，孤單感，委屈感，自卑感，好似從來沒有消除。戀愛或許是一個出口，有愛人的肯定鼓勵，撫慰他的不安脆弱，而文學創作也是另一個出口，透過文字書寫發洩記錄內心的傷痕。

在散文集《夢時年》，紘立透過「告解體」頻頻召喚Eve，但，究竟Eve是誰？可不是什麼旅日必買，白兔牌止痛鎮痛藥「EVE」，而是另一種人生的救命藥。每當紘立描寫母親與童年陰影陷入更深的痛苦憂鬱時，總是頻頻cue她出場。「Every Eve」（簡直媽的多重宇宙），是何方神聖？倘若對周芬伶散文熟悉的讀者，必定從散文集《汝色》接收過此詞，該書透過與一名叫Eve的女子對話，從日常出走，從俗世脫軌，從道德走向禁忌，探問人能抵達多麼遙遠孤獨的地方。種種傾吐，來回交織，是自剖者與傾聽者之間暗湧的祕密心事，也是透過他者揭露自我人生的方式。

「Every Eve」不是藥丸，仍有止痛療效，鴉片嗎啡，自我書寫，自己服用。「Eve，於是你去了拉達克聽法王講經，號稱世上最崎嶇、最荒蕪的山地，海拔超高，極度冷與乾燥，並不適合你生病的身體，去只為了參透更深的不知的自我。為了記憶的輕盈，鑄成文字放瘀血。」

借師《汝色》芬伶體習得的寫作技巧而衍生的分靈體——《夢時年》也可更直白地理解為一本「滿懷愧疚」的告解書。我以為，這是紘立有意從傳統散文的家族書寫系譜出走，試圖找尋的一種破口；也是家族書寫的階段性告終，與先前的散文集《壞狗命》（二〇一二）、《甜美與暴烈》（二〇一四）並讀，透過父親的死亡為散文三部曲劃下句號。

我不曾問過紘立，父親的意義是什麼？

但我總感覺父親充滿著他的散文，結束人間生活，以幽靈的樣態在故事裡漂流。這個父親會在吸菸點火時，一把燒光紘立的夢嗎？

Eve一號：倘若無法接納不美的自己，誰要收留？

Eve二號：拜託別讓我變成鬼還要提醒你早睡早起。

Eve三號：請不要再夢見我了，如果可以。

Eve四號：收到來信，我試著原諒你。

Eve五號：假使不是父親的死亡，可能我永遠長不大。

Eve六號：汝就放心去愛，人生海海，驚啥！

……

每一個Eve：對不起。

失去父親，失去戀人，讓他墜入更深的憂鬱，也讓他一度失去出書的信心和戀愛的勇氣。在愛情市場遊蕩，他甚至自嘲自己是「豬」，打開交友軟體，喊出同志動物園分類口訣：貓狗猴牛熊豹狼金剛豬，九大動物，左左右右，滑了又滑。非主流怎麼辦？豬幻想跟狼戀愛，改寫格林童話腳本，飛天豬寶妮那般等待愛情救贖。紘立總是這樣，用笑嘻嘻或聊八卦緩解轉移焦慮不安，在團體中他是開心果，把歡樂帶給大家，轉身一人寂寞地走很長的路。我常常想念學生時期和他去錢櫃好樂迪歡唱的時光，他總會點幾首張惠妹的〈火〉、〈薇多莉亞的祕密〉還有蘇打綠的〈左邊〉、〈小情歌〉，在那些深夜我唱了哪些歌自己壓根忘記，也許早也不重要。黑夜裡旋轉霓虹燈的光影，破碎海浪那般打在黑暗的K歌廂房，一身潮流裝扮的紘立，蹦蹦跳跳，眼神卻是那麼孤單，彩虹也照不進他的黑，彷彿他就是黑色本身，連影子都在時間裡無止盡歪斜、迷途，找不著回家的路。

「Every Eve」是他的多重宇宙，Every Eve／Everything／Everywhere，存在每一個宇宙裡的父親啊，請與紘立和解並祝福他吧。

《夢時年》是他重回文壇的返場秀，就像綜藝節目裡的「返場」機制，披荊斬棘的哥哥回到攝影棚錄下一屆公演賽事，會被稱為「返場哥哥」，那麼離開文壇太久，重新回鍋的作家，會否也是一種「返場」？他帶著全新創作和讀者見面，新的他，新書，新髮色，新造型。準備好了就要出發。

周紘立重回文壇（比蕭亞軒重回歌壇還快），這次，我們真的等到了。

（本文作者為作家）

做夢說明書

我的夢很規矩，就像按下暫停鍵，隔夜再夢不是由已知劇情接續，而是從頭再來。好困擾，同樣一場夢不甘不脆的，況且內容屬於悲劇性質，夜夜凌遲，始終看不見「劇終」二字。

就這樣，夢了長達數年。

白晝某部分的我活在夜裡的想像，虛實界線好模糊，令人懷疑眼前來來去去說話應對的人事物是真的嗎？只想趕緊服藥，躺在床上等待睡意降臨，它經常性遲到，總是窗戶隱約有天光，鄰居刷牙洗臉的聲響、市場下班返家後母親洗澡的水聲……萬物甦醒，我似乎才能安心入眠：在脆弱的時候世界替我守護。

一夢再夢，如捶金碾展，時間和空間膨漲、膨脹。長途跋涉的惡夢，它具有雙足、它有行進的地圖、它找妥主配角在遙遠第一百集等待著我。拒絕快轉，索性（抗議無效）接受夢的安排。

手機鈴聲、狗狗舔舐我臉頰的小舌頭，或者其他因素，劇情遭阻斷。恍恍惚惚地回神，啊！夢裡的我於現實撥了電話、夢裡無能為力的眼淚真的流了滿臉、夢中的應答與此世界同步鬼吼鬼叫，我媽總問：「你剛剛又在說什麼？」

私密的夢境變得赤裸。要走多遠才能償還犯罪的刑期呢？

十年。時年。

記錄夢中遊行經歷的怪誕離奇，一則充滿密碼（我沒有正確解開它的金鑰）的胡言亂語。之中摻雜真假，時間向前推移幾個年，回頭審視這批文字，仍然，仍然僅能雙手一攤。

夢，比現實還真實，卻比現實不真實，我在兩者間擺盪出一段時間。

輯一——日間殘餘

一場長途跋涉的惡夢

我是我，扯開父母怕尚未記清楚家的位置、導致成為貼在警局公布欄的失蹤孩童之一的小銅鎖；我是我，現在我的力氣足以扯開這扇門，即使它曾經深深的讓我挨餓，但經驗過後的經驗，彷彿歷過的險，拓荒者揣測擔憂的未卜前途瞬間有了指南，什麼都不怕了。況且我能打開它，只要我願意打開它，門，只是連著牆面的四條木框子，像個三十二顆牙悉數落光的張開嘴，舌頭是紅地毯，咽喉往下是全然的黑暗。

必須要走，木造的隔間潮溼的空氣，使我像住在一朵積雨雲裡面，伸手觸碰不到窗，因為本來就沒有配置窗戶的孔洞，這面牆緊貼著隔壁住戶，那對夫妻偶爾性致高昂聲音透過蠹蟲的搬運遷徙過來，很微弱卻聽得見。

夢儲存於左胸腔室，已經沒有必要帶走的家當，我都記得。

我記得父親死了，烈焰將他燒成灰，我跪地哭了一會兒，他濃縮進不比水桶大的骨灰罈。上頭有他的照片及生歿時辰，在他還有四肢以及頭顱時，能扛起二十公斤的桶裝瓦斯，登梯運貨，堂而皇之走進每戶斷炊人家的廚房，當然也用那力氣痛擊我，我像是搖晃的沙袋。醫生問我會痛嗎？那麼久以前的事了，不痛，但聽見人家提起就彷彿把我丟進冷凍庫渾身顫抖，平時我盡量不想。醫生叼著老派海泡石製的菸斗，吹出煙圈：「我看到了大教堂、蔚藍的天空，上帝坐在金色的寶座，高高在上，遠離塵世，從寶座的下面，一塊奇大無比的糞便掉了下來，落到閃閃發光的新屋頂，把它擊得粉碎，也把大教堂的四壁砸個粉碎。」滿臉皺紋的醫生十隻指頭彈著無形的鋼琴，抖抖抖，他說那是他年輕時做的夢。

我沒辦法理解上帝，不過我卻記得父親載著我與母親，千里迢迢沿著崎嶇不平的河濱道路，到了淡水的一間小廟，廟裡什麼神都有，蚊香似的香盤兩盞向下煙飛升，每尊木雕神像燻得黑黑，他們，擠滿斗室的善男信女，圍聚於沙盤前等待畫出些什麼，只要相信，在謎底揭曉前「相信」是那麼千真萬確。父親在人生一截路途中，突然迴光返照，捨棄代步的輪椅，他的雙腳帶領他走出簇新的十一樓病院，在超商前使盡力氣揮舞著手掌，小黃溫馴靠邊，爸爸跟我索討一千元：「有件事我一定要做。」「什麼事情值得現在去做？」「你記不記得那間廟？」「我當然，撇除它是神明的人間公寓，它僅僅是一個地理座標，我們經常前往。「我要去還願，我跟祂們祈求度過這關，你看，」父親做起類似運動操的基本動作示意無恙，「人不能言而無信，你看，」一張摺皺的公益彩券，上頭列印的數字是我的出生年月日，「累積好幾億，全都是要給你的，我欠你太多，就像那間廟我從沒還願，這回我一定要去！」我給了父親一些紙鈔，泊車小弟似地替他關妥車門，這樣的動作於我而言無比熟悉，那代表著他「又」要走了。

醫生，接著他就死了，那張樂透並不在他任何一件衣著的口袋，他燒成了紅粉色的骨頭，我象徵性地用長筷子捏了塊他碎裂的頭蓋骨。師公的正職是計程車司機，我捧著一罐大理石質地的罈，穿過辛亥隧道經過兩旁夾山的柏油路，抵達他永恆的家——B1，七排——左右上下簇擁著先到者，一格一屜都是短促的人生，組織起來就是華廈小區。父親每回提起曾經擁有過的一間位於北投的公寓，眼神充滿驕傲，他有能力賺，失去了，也該有能力贏回。他「相信」腦海的藍圖，連我的房間亦規劃詳細：一面朝向關渡平原的落地窗，頂著天花板的書架與衣櫥，他邊說手邊凌空比劃，好像，就好像差一點點就能成真的模樣。他必然失望，如果他仍活著，應當不想由北投區轉戶口到六張犁的福德公墓。

我沒夢過他抗議或表達憤怒的片斷，準確來說，唯獨聲音：無意間路過超商門口，歲月刷舊的公共電話響起，基本款復古式的電話鈴聲，我自然而然接過暗藍色的話筒，「喂」還沒說出口，聽筒倒是流瀉「錢錢錢……」的單字，驟然掛線。夢醒後我去廣州街的香紙舖買了一大箱印有「天府冥國」字樣的「保險箱」，收件人姓名與生卒年寫妥，燒給他好幾千個億。醫生，我想跟您說的無非是，我的存在是為了替父親收拾爛攤子。我幻想過幾種殺死他的想法，卻遠遠比不上他因病過世帶給我的憂鬱，怎麼說呢，行經龍山寺捷運站我別無選擇的只剩下廣州街和和平西路，那些或臥或坐或躺的流浪漢一身襤褸正發呆、排隊領善心便當，平日仰天睡的習慣使然，他們皮膚黝黑、雙頰凹陷，一雙黃疸眼突出，總讓我懷疑這個那個無數個在寺門前居無定所的男人都是我的爸爸，癌末的他就長這樣。

醫生將他挪至額頭的老花眼鏡重新戴回山根凹陷處，定睛望著我：「那是什麼感覺呢？」

失落？

失敗？

懸而未解？

「因為人類只有一個父親一個母親哪！」

我應該怎麼做？「除了在夢裡殺了他，你已經沒有其他方法。」

這個髮際線後退，唯剩後腦勺銀髮的老人，拿起沾了墨水的鋼筆準備在空白的紙張寫字。他維持那樣的姿勢幾秒，端詳我，整顆頭上下點兩次示意我該離開這張舒適的軟墊沙發，他說，他在做的事跟我一樣，記錄、盤整回憶，將腦袋裡亂紛飛的事物捕捉下來，無論標本是蒼蠅抑或蝴蝶無所謂，「重點是，你開始會『相信』這些白紙黑字，夢，往往比現實更真實。」

我離開了那裡，推開厚重花梨木的門扉，天空半明半暗，太陽與月亮同時橫掛東西兩方。黑暗裡燃有金黃色的光，那是萬華最有名的「鑽石大樓」，舞廳跟KTV二十年前極盡奢華的享受皆隱身這幢樓裡。它緊鄰華西街與環河南路，繁華已盡招徠客人光顧的盡是歐巴桑，一群寶斗里的老鶯婦燕盤據桂林路，仰頭討論打火車怎麼還沒來，火光裡的她們，集體歲數加起來該有上千歲了吧？她們怎麼不曉得一九九四年有個叫做陳水扁的人即將當上市長，他主打的政績牌是掃黃。許多的警察會走進她們水泥隔間貼上勒令營業的黃紙條，並且拆除裹著紅色玻璃紙的日光燈管，用詞不是「請」，是更粗暴的手段。她們怎麼還有閒工夫做著彷彿隨時會從天迫降一個信仰的無聊圍觀？蜂巢溫柔鄉變成不再受孕的水泥子宮，荒敗地長著猖狂齊人等高的草，當然更後來，市長成了總統，任滿後住進監牢。以彼時年過五旬的年紀來想，現在，或許心臟會遽然的跳動，在她們最老的時刻嘴角閃過一絲復仇的微笑。但她們不知道，全意專注盯著堅硬的火苗竄破窗框，壯觀、耀眼，災厄的高樓煙火秀照亮每張既擔心又吱喳如麻雀的臉。我看見很小的自己，獨自一人倚牆抬頭嘴巴開開，仙女棒的璀璨爍爍竟然會發生在一棟樓身上。

而那棟樓裡有他的回憶：母親和幾個姊妹擔抱著他提前感受夜生活，瓜子、話梅、芒果乾，濃褐色瓶身的臺啤傾入標有「香吉士」字樣玻璃杯，金色的液體與竄升的氣泡，他被逼著喝了一口，苦。母親哈哈笑，說這個憨仔沒「經」到我愛飲酒的個性，好險。

火正一層一層往天空吞噬，也把他足以當作回憶的證據給摧毀殆盡。幾個人在頂樓竭力揮舉雙臂，遠看像在打×。然後他們由一隻螞蟻的大小逐漸還原為一個人的身量。跳！眾人尖叫，幾百雙的腿遮掩住看電影不需買票的自己的視線。我代替他伸長頸項，穿灰色墊肩西裝的男子緩緩撐起脊椎，拍拂殘留肩膀的灰屑，理了理鬆亂的領結，沒事沒事！我將這情景告訴童稚的自己，說：「快點回家去。」縱使我知道「他」老早培養好沒有家的心境，那個十八坪大的房子，其餘的親屬都不姓他的姓，然而，他還能去哪兒呢？

他，我自己，在夢裡沒有絲毫權力決定宿命的象限。

我自己離開那個家，竟要求他回去？

我自己，那個他走得那樣慢，每一步充滿著不甘與躊躇，直到轉角過後，他才被兩片樓面吸納進去，消失。我轉過頭，樓已然夷為平地，沒有暴烈的火光與殘忍的遺跡，它的四周矗立著薄脆的綠皮圍籬，很不工整地圈住，鏽蝕的鐵面接縫處預留了無意的縫隙。縫隙透光，很像被人傾倒一整桶的螢光液，幽昧得很詭譎。我的身體「塞」過食指寬度的疏罅，成了「紙片人」；過縫，呼吸，自己又脹大回來。

荒地。無草。水窪窟窿彼此相連，無秩序的人造湖泊。一窪一坑皆在發光。

我彎蹲下來，見不著自己的臉龐，模糊的倒影也沒有。

是不是夢並不允許「看見」自己？

撈掬一掌水，指紋的迴圈像通電的細微燈管，散光的液體逸流出指縫，一尾蝌蚪黑溜溜地在我掌心掙扎，牠有兩隻不知該稱為手還是腳的器官與擺動的、長長的尾巴，那樣迷你，稍微使力，牠當青蛙的資格便提前被拔除。正當我要將牠放生水裡時，幾個身高頂多百來出頭公分的男孩喊：「媽的這麼多，怎樣才殺得光哇?!」我認得他們，課堂的同學街房的鄰居。其中一個養了隻雪納瑞，公的，適逢發情期，拚了命抓扒著他的手臂，上上下下前前後後，最後，由他手肘細細流淌濃稠的精液，那時他並不知曉「精液」這詞彙，用嫌惡的表情告眾：「唉額！」「唉額」便是「精液」的代名詞，在孩子有限的詞庫裡擷取堪用的字來定義不知曉的事物；譬如我，他叫我「坩仔」，有陣子我因此喪失我的名字。他從一團陰影裡走出來，身後羅列其餘人，命令我掐死牠。我不敢。他非常的氣憤，頗有大哥風範地說：「放了牠吧。」接著從口袋掏出整盒水鴛鴦，抓菸的夾姿，取了一枚，點燃，從遠處拋擲到我眼前的水窪。它沉到底，持續由兩端冒泡，串串地浮升至水平面成為煙霧，爾後，爆炸，激起水花，整片空地的水不再發光，我想，我斷絕了母蛙所有的子嗣。率眾離場，絲毫不將我視為一個成年人看待，這時我在他的眼中依舊是個同年齡的孩子吧？而且，被歸類為性別不明的範疇。

四方的漆綠鐵圍籬逐漸收束範圍，我在中間，胯下是蹲式馬桶。

這是間廁所，男廁，磁磚畫有塗鴉。我自然而然掏出性器，黃色的涓流，咚咚咚匯進幽深的孔洞，魚缸幫浦似的開起一朵又一朵一朵朵白色的泡沫花。儀式，睡前十四吋螢幕兩個穿制服的男孩，相擁、舌吻、解開六枚塑膠釦子、粉紅色的乳暈和奶頭，他們戴起蛙鏡，把彼此當作夏末將結束營業的泳池，在他或他的四肢軀幹做起自由式；他或他必定呻吟，像肺葉的氧氣用罄，不得不仰頭頂破靜謐的水面兌換一口新鮮空氣，的，本能吶喊。只是我忘了他們的樣子。耳塞式耳機裡全是他們換氣的聲音，此起彼落，橫渡日月潭般的六十分鐘長泳。我摩挲著我的生殖器，擦拭一件骨董的態度，持續抹掉歲月附著其上的灰塵或者其他斑痕，將有神靈由那顆菩薩低眉的、幾乎快合閉的瞳眸出現，教導我，如何使用門外沒有隔板的小便斗，不須懼怕他們有我也有的器官。想來我睡前喝了幾匙洗衣粉，馬桶盛開了花：由層層疊疊的白色泡泡，或大或小，疊羅漢的姿態組織為一朵曇花。過多的蛋白質，足以餵養成群妻妾子宮的精液，每日告終的每夜，我反覆釋放顯微鏡底下數億隻勃發蝌蚪的精蟲於一張衛生紙，扔進垃圾桶，靜待他們賴以維生的水源乾涸，啊，那麼多的蝌蚪屍體，其實我也是兇手。

當我推開門，曇花萎謝，猥褻且腥羶的臭味，由我身體生成的惡。

果然被發現了掩藏的心虛。

課堂的木桌椅整齊排列，一隻穿著同色系套裝的母蛙站在高高的水泥講臺，基於尊重，我喊了聲老師，隨便找了個座位坐下，好像這個隨機的選擇是出自意識的指引，老師頷首。我聽得懂她的語言。黑板懸著幅男女器官剖面圖，長蹼的手並不妨礙她夾持整疊雪白的考卷，她喊我的名字，我指尖冰冷，前往講臺的廊道忽然很長很長，磨光的地板很不牢靠，準備碎裂。母蛙老師推了推眼鏡，將最頂端的那張卷子交到我雙手，爾後五指分家張開薄透的蹼，摑了我一巴掌，氣憤地：「你知道為什麼你考滿分，我還是要體罰你嗎？你說你知道嗎？」我不知道。我眼掃考卷，標題為「健康與教育」。「因為你根本不懂知識的運用，你的母親絕對絕對絕對跟我一樣氣憤，前提是我知道她不知道，如此而已。」無垢的窗櫺與玻璃，前後門隔絕了外界，我在某塊三十乘三十公分的「框」中看見母親的臉，她遺失整副身軀，唯獨那張哭泣的臉之外。可能她聽見了談話內容，或許沒有。總之，她眨眼時眼尾就誕生一顆淚，淚順著抽噎起伏的肌肉，在她臉龐沖刷出暫時的河道。我第一次目擊她正面的痛哭。為了父親她可以躲進廁所、埋進棉被、借酒裝瘋地宣洩預備好的眼淚，把直接的哀嘆轉向，強裝她不是個失敗的妻子；這次她的哭是為了我，那樣光明正大，我從未看見母親擔憂過我的將來甚且哭。她哭得極度憔悴頓時滄桑非常，非常像她在替唯一的一個孩子送終。

視線再也不能，不能專注於這片窗。

從小，我便分不清夢與現實的界線，醒著做夢。可惜周圍無人能證實我說的一切都是真的，沒有人挺身而出。

轉念忽視時，司令臺合攏絲絨紅布，屋簷四角裝置暖黃色的投射燈，三明三暗，布幕一折兩折三折四折五折……的收斂，臺上安放黑色鋼琴、直立式麥克風，母蛙老師從我視線左側的階梯走了上去，優雅並且不容侵犯的貴族氣息。她食指頓了頓麥克風，咚咚咚，清理喉嚨裡妨礙發聲的唾液和痰，說：「歡迎各位親戚蒞臨寒舍，」這句話讓我窒息，感覺室內二氧化碳濃度直升，回身訝異早已滿座，剩下第一排正中間的空位，我坐下，挪了挪屁股。母蛙老師拔掉母蛙面具：過程類似服貼的薄膜矽膠慢慢地和毛細孔粉刺皺紋依依難捨般的告別，然後顯現她的下巴嘴唇顴骨眼睛眉毛和蓬鬆及肩的頭髮，電風扇似的甩晃頭顱，面具軟塌塌地抓在左手。

「過年嘛！平常當老師也是很累的，不打不成器，明明是鋼何必墮落成鐵呢？我希望我的學生都是鋼，所以非打不可。」周遭的觀眾點頭同意。

「我也是如此教育我的孩子，你瞧，我們家沒有漫畫跟雜誌，我的兒女需要超齡的書籍，比方說《科學人》、《大家說英語》這類有益腦力發展的內容。咳，客廳有電視，但是呢我家沒裝第四臺，誰曉得我跟先生不在家的時候他們會看見什麼節目，所以我安排了整套Discovery的正版ＤＶＤ，這便是他們睡前半小時的休閒娛樂。」周遭的觀眾驚呼連連，有的甚至拿出小冊子速記草寫，可司令臺上一無所有啊，許是他們看見而我沒有。

「各位知道我的……兒子是個早產兒，太早太早與我的肚皮離異，他根本沒辦法適應這世界的空氣，那麼小，」她雙掌捧著虛無的什麼，「我想，醫生說得對，能活多久是多久。感謝神靈，他幸運地活下來，每餐都吃五十顆水餃！三歲就決定當個音樂家，音樂好，『學音樂的孩子不會變壞』，他很乖，來！」Ｌ小大人般穿著拘束正式的西裝，上臺一鞠躬，看起來不是挺開心的，轉身，調整琴椅間距，坐下，兩隻手臂凌空高舉，似乎等著下達指令就要開始演奏。「大家想聽什麼歌，他都會彈唷！」

往日情、如果雲知道、值得、夜太黑、白天不懂夜的黑、為愛痴狂、原來你什麼都不要……豐饒靡靡的一九九六，每個路人都微笑，商家的揚聲器流瀉滿天的情歌，情歌藏在西門町玫瑰唱片與 Tower Records 貨架，薄脆的 CD 即將取代卡帶的年代。我小小櫥櫃裡收藏上百捲卡帶，無知無感地鑲嵌進破舊的隨身聽，隨身聽正面的蜂洞用盡全力不扭曲聲音的本質，一而再再而三，A面轉到底翻B面，盯著歌詞認真吟唱超出字義太遠的愛與恨以及，遺憾。堆疊在記憶角落最荒僻的聲音，蒙著灰塵，單純透過成串的音符使我年輕，我細聲喃喃，獨自的唱遊課，補足了欠缺的歌詞，一字不漏的，由我喉嚨重生，而我漸次衰老。為什麼為什麼為什麼，它們變得哀感頑豔，彷彿沾黏褲管的鬼針草種籽，二十幾年後瞬時在我腔室盛開千萬支針，蟄伏這麼久，為的就是這一刻吧？我潸然淚下，因理解詞意，也因緬懷迢迢遠走的童年，唯一一次的童年：鋁製溜滑梯、蹺蹺板、埋著狗屎的沙坑、旋轉的鏤空鐵條地球儀……紛紛限制體重，阻隔成人溫習記憶的牆垛。我邊唱邊流淚，周圍的群眾無動於衷，意義的爆炸只存在於我。

單獨為我演奏的感覺。

那個始終背對我們的身影，不知何時已然膨脹。坐姿使然，白色襯衫已然無法包裹住腰間橫生的脂肪，像兩坨填充保麗龍球的抱枕，順著臀部的曲線耷拉。我有股衝動想拿把利剪從車縫線裁開，釋放那些短時間內莫名其妙累積的多餘之物。他依舊認真彈奏，雙手愛撫過黑白鍵，腳掌點踩踏板，一顆和軀幹相較比例懸殊的碩大的頭顱感情用事地擺動，彷彿，就彷彿他正操縱裁縫車，一枚音符一串片段的曲子是針頭與棉線，可以地老天荒地紡織下去。

突然十隻指頭集體暴動，音箱發出震動，沉浸音樂的他的母親驚訝睜眼。

他趨近麥克風，怯弱又氣憤地說：夠了。

「夠了！你們看看我都變成什麼樣子了？」他拔掉領結，潦草解開襯衫鈕釦、皮帶扣環，褪下折線清晰的西裝褲，內褲，成熟的陽具，赤裸裸地站在舞臺示眾。「你這是在做什麼？」母親的嚇阻顯然毫無功效，他開始原地奔跑，兩隻腿肚長滿了濃密的腿毛，一上一下；晃動兩手的蝴蝶袖，掌心朝外反覆畫圓圈。我以為意志堅強的他的母親會做些預防措施，然而沒有，她選擇哭泣，對於眼前進行的舉動她一點解決辦法也沒有，遂無助地蝦腰掩面。詭異的暖身操後，他，撕扯肚腹與大腿內側與豐腴的臉頰與抓刮背部，異常用力，一手一拉，滿滿的淡黃色的脂肪被他甩在地板，如是重複，他開琴蓋取出牛仔褲與格子襯衫，穿上，說：「我厭倦像隻寵物被豢養的日子了。」然後赤腳疾奔下臺。他的母親拚命追趕，或許礙於滿地油脂，她顯得小心翼翼、漲潮般的緊張情緒朝無人的兒子逃逸的階梯漫漶過去：「底迪，你的藥！你必須吃藥！吃藥時間到了底迪！」

幾十隻窗戶——複眼——同時緊閉眼瞼，黑。

也或是我不忍目睹而闔眼，我知道他是L。

提前因我枯萎：我是蟲，一口一嚙吃掉他的錦繡前程。後來的日子我天天懺悔，在醒時在夢裡。醒時關注他的臉書動向，點讚者的來歷務必調查仔細，彷彿在幫他過濾有毒病蟲害，他已經被我毀了一半，另一半我似乎有責任在終端機的這替他嚴守；夢時他來去穿梭，脫掉衣物展示當兵鍛鍊的什麼什麼肌，沒有多餘的語言，透過肢體傳達「我很好」，而我總是這時甦醒，將夢中潰堤的眼淚帶到現實。

「這是病吧？」

「你要想平行宇宙的我們。」

「可是我已經分不清楚現實和夢境的界線。」

「那就少做點夢。」

「這不是擲銅板決定東南西北，況且我無法控制夢的發展。」

「不然你就想，都是因為你才把我搞得如此狼狽。」

「惡夢⋯⋯」

「對！就像你必須在夢裡殺死你的爸爸那樣地，憎恨我。」

「為什麼非得用恨來取代愛？」

「不這麼做，日子會變得異常艱難。」

總是關鍵時刻甦醒，將夢中潰堤的眼淚帶到現實，打開密封袋，寅吃卯糧般地把明天的藥量服下，唯有做夢，我才能和L對談。是他召喚我到初識學區宿舍，泡在福馬林裡的紅的花、綠的葉，花季持續。我仰頭看天，城市的光遮蔽遠道而來的星芒。我仰頭看他的陽臺，晒衣架晾著昨日的上衣，風來，一個肚子與胸膛，兩只欠缺餘肢的袖，十幾只L一律隨風飄衣角，沒有提供親吻的頭顱和蔥白的手指，那只是，只是合成纖維，無法說一句道別或晚安，以及進食。迷你的S號，會催吐會上健身房會嚴謹計算卡路里所造成的，S號。我喜歡S勝過M與L，但我喜歡L，在我建構的世界裡我賦予他的代號。投射吧！中年發福的我再不能穿曾經買的曾經的衣服，悉數轉送L，他代替我再次年輕。如果再次輪迴為人，我想成為「像」他的那類人，或許我會漸漸習慣喜歡自己。我要減肥我要整型我要……我奢求的太多，多到自覺病入膏肓。他說每隻螞蟻能負重一枚一塊錢鎳幣的重量，房間之內，地板，鏽色的金額最小值像氣候暖化後的海洋碎浮冰，此與彼，點到點的距離於螞蟻是趟大旅行——如同他最想去的維也納到臺灣的距離——他說，每個錢幣底下鎮壓著一隻螞蟻，就一隻，富有科學精神的實驗十分殘忍，但每隻螞蟻都是活的。我想我連一隻螞蟻都不是，否則我不會貪圖夢中時間，醒著多麼為難，逃避「現實」的方法就是輾轉記憶枕頭之上，儲蓄夢。

直到L的窗子眼瞎目盲，熄了燈。

整個世界我的夢，充滿他呻吟的聲音，以及對方的回應。

那不是我。

整個世界我的夢，紅的花、綠的葉瞬間凋零，路燈闔眼表示哀悼，天空下起驟雨，比黃豆還大的雨滴，敲擊我的身體，好痛！從天迫降數以萬計的鉛字，擲地有聲，鏗鏘哐啷，銀雨從一朵紫色的雲中掉落，或許那是一本字典，眾多的詞彙被釋放，「愛」比「恨」的筆劃多，「愛」才是助長「恨」的始作俑者；「輕」與「重」不是被世人所理解的字義，「輕」裡的曲折和銳角劃破我的皮膚，開始滲出黑色的血。我感覺內裡的血液是油墨，再多，再多一些字體吧！在我被雨敲蝕為虛無前，在柏油路上書寫一本書，很長很長，從出生乃至死亡。在天亮之前、陽光破曉時，L赤腳站在陽臺低頭探望，會發現我曾經來過的證據。

「請你看見我，在字裡行間裡。」

紫色的雲一朵。

沒傘撐的人一隻。

我愈變愈瘦，排毒、消脂，在月亮一顆之下。

Eve，你是真的嗎？

你讓我意識到自我。你於書頁題字「花非花，紅非紅，往心靈更深處挖掘」，我視作那是你對我一點點的抱歉，卻埋下日後成真的預言：開始寫作，靈感如汩淌石油，是從前「有機物」屍體形成的能量，驅使謄錄下來的原因不明。

直到我服藥三年，腦袋裡的迴路轉了彎，晝伏夜出，穿夾腳拖就出發去西門町誠品，狼狽的年輕流浪漢，吃完藥精神恍惚，找到預計購買的書，結帳，疾步返家，天亮的街道、蜂擁的人群、攔路填問卷的先生小姐、櫥窗裡新一季美好的針織衫、性病防治所前廣場袒露上身的滑板少年們……甚且連搭捷運都是折磨。

我有病，可不可以坐博愛座，從龍山寺到關渡耗費近一小時，我想睡覺，整車廂的喧譁與開門關門人進人出，我委縮在門邊耳機音量放最大。盯著書本，新細明體彷彿亂竄的螞蟻，兩頁書足足讀過五個站，不能抬頭！他人的目光中飽含敵意，我沒有坐博愛座，我盡量維持正常的樣子通勤，為何心裡卻有虧欠這世界幾十億人口的懊悔挫敗感呢？

小小的教室，學生六個，因老師K求好心切上課時間從中午直抵晚餐時段，第一堂便是分析我的笑聲。笑比哭技藝更高超。K輪流點名同學從笑的原因、笑的時間、笑的力量、笑的時間長度、笑的頻率……來解剖「這個人」幹麼笑。天啊！笑就是笑！請不要解讀我，笑是應付所有疑難雜症潤滑人際關係最好的一種表情，錯了嗎？一二三四五，排除我，六是K老師，他眉頭深鎖，雙手扶住後腦勺向天花板致敬好久，爾後，異常大的眼睛看著我：「你很孤單，需要被人擁抱。」霎時他的臉起了霧，我必須勤快眨動眼皮如同雨刷才能把阻礙視線的雨水刷開，但我還是笑，K也笑。素有殺手教授的K，流傳一句話「婚喪喜慶一律不准請假」，放風抽菸時，他欺近我，像個爸爸、年近六十甫獲龍鳳胎的新手父親，無比溫柔地說：「你就放過你自己，你可以去哪裡玩或度假，我的課沒關係。」我在家裡睡覺，做夢，和整個世界保持安全距離。

Eve，你是對的，生病之後的我才知道生病的你。

「Eve，你沒錯，我很孤獨，雖然孤獨聽來很俗氣，卻是真實的寫照。」

「真正的真實存在於文字，你得寫下來。」

「我怕會造成他人的傷害，我害怕。」

「你無法遏制寫作的衝動吧？重要的事寫下才能遺忘。」

Eve是紫色的雲一朵，毫不留情，驟雨，拋落更多的鉛字。

我好痛。我被擊痛。我被自己內在的隱疾擊痛，我滿臉掛淚。

溫熱的、溼潤的、帶感情的觸感，舔舐我的臉頰，像是沙漠巧遇綠洲般解渴的旅人，張大嘴，一瓢飲已然不足，索性整顆頭沒入冰藍的水中。我睜開眼睛，狗忘情地用那粉紅色的長舌頭攀爬過我的臉，試圖收拾水災。「請讓我睡覺，不要吵。」我看見牠側歪著頭，雙目似懂似不懂，盯著我。我翻過身，壓著左半身，繼續睡眠，醒著有太多困擾，乾脆繼續做著徒勞的夢。

有牛奶沸騰的香，綢布般的款擺於空氣，我聞到。

盛裝牛奶的鐵鍋在瓦斯爐上煎熬，嘶嘶嘶，嗶哩啵囉，我聽到。

露出棉被半截的手臂很冷，立時收進被窩，我感受到。

無人管控的沸騰的牛奶實在熱情得過分，那應該是媽媽的責任。冰箱裡一桶一五〇〇毫升的牛奶，彷彿是拿手菜的得意洋洋，於早晨六點半，她會守候在爐邊，像極西方國家的主婦面朝赤焰暖爐的臉那般紅通透；待牛奶表層浮出薄膜，由鍋底上升累累氣泡，喀嗒熄火，倒進馬克杯，喊我起床。我總是睡不飽，喝進嘴時的牛奶早已溫涼大半。沒人喊我。我幾乎是睡到內心都以為真該離開床褥，才依依不捨地起身，捏起放在冰箱頂的馬克杯的耳朵，好燙！是太早起了嗎？邊啜飲熱牛奶，走進年輕的房間，母親的梳妝臺、達新牌臨時組合衣櫃、懸掛天花板暫停運作的電風扇，一切都是新的，沒有歲月偷襲的痕跡。可是人呢？木板隔成的三間房杳無人蹤，這是個清晨，窗戶透漏天光熹微的訊息，他們都去哪了？

那些與我不同姓氏的母系家族呢？

究竟，我還可以呼喚誰？

最後的最後，我喊叫爸——Pa——

我才恍然大悟，父親不會回家了，從我很小的時候到他過世前，他就再也不曾回來過，他是否也會像我偶爾想起他般的偶爾想起我？

在夢裡沒有絲毫權力決定宿命的象限，我只好靜待，等任何一個我滿懷愧疚且想見不能見的某某，入夢來說沒關係。

「沒關係，我在這裡。」

輯二——為夢找解釋

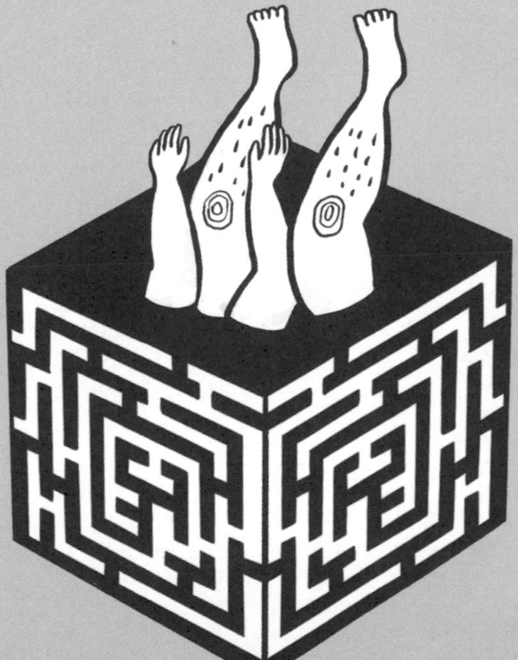

致前男友的母親

0

請原諒我的坐立難安，面對長輩總是感覺侷促，臀部東挪西移彷若一條曝晒柏油路的蟲，百足齊動，一百個受器同時接收到刺激；也或者是一側踏地的五十足，腦袋混沌，思緒像煎炙熟透的蛋白失去流動的權力。該如何命令一尾正在鐵板燒中的蟲呢？請牠稍安勿躁？話尚未起頭，過多的緊張最後成為扭捏、多一些的隔閡終究天地遠，那一點也不能舒緩以及順利的談話。

1

我學不會嚴肅，只會笑，這是後天的本能。父親每晚夜深返家輕手輕腳，推開房門是張他或別人欠了百餘萬的臉，不笑會被打；母親筊間三窟，我用小小的手掌賞了鏽蝕的鐵門幾巴掌，迎門者多是阿桑，我也笑：「我老母佇遮無？」我的世界裡沒有教養。那是週三週六上半天課的國小時代，午後悠悠，除了孩子，大人們彷彿集體被外星人接收到飛碟做研究，毫無道德倫理的地方，同年級不同班的某某進入柑仔店自己取下一包七星淡菸，結帳時老闆順理交付零錢。我活在一個似乎不被任何法條規範的所在。而那些乖訛的舉止，並不影響我們的發育，但似乎隱埋於心的種籽迫不及待想成熟結果，想像的終點必然是甜的。

一次玩捉迷藏，我和鄰居躲進一幢大樓門內，並且奸巧地上鎖，明明外頭陽光直射，四周反倒漆黑陰冷起來，我感受到心臟劇烈的跳動和急速的喘息，太安靜了，安靜到覺得自己被安置於棺木裡。鄰居和我一樣大，晦暗之中，他毫無預警地笑著對我說：「喂！我告訴你，你回去告訴你媽媽，說你不想要弟弟。」

「為什麼？」

「因為『他們』就不會再愛你。」

他笑著說出這句結論，隨即陷入沉默。我不知道我們匿藏了多久，時間的意義喪失，被尋找、被擁有的必然不在，當彼此協議開門窺探狀況，發現門的按鈕回應以老而疲憊的「喀嗒」，卻如何，如何也打開不了這扇門。在B.B. Call都還未面市的迢遠時代，無人搭救，索性硬著頭皮拾梯向上，按了二樓住家門鈴，出來一個中年女子，「我們要找某某，可某某不在家。」某某真住這，可見我掰謊話的能力是與生俱來的。她重複我們的動作，門如蚌殼，怎麼使力它就是維持緘默，和其餘的牆面成為整體。這下鬧得整棟樓的住戶紛紛下樓，譴責這門的種種不是，喚了鎖匠破壞門鎖，外頭依舊是陽光鍍金的小路，無人聞問為何這門被鎖起來的，我們拔腿狂奔，鄰居腳力好跑得快，我看著他的影子，黑，長，身量就是個成人，即使邊跑邊笑，笑聲裡彷彿有了演戲的成分。

話就繁衍，無止無盡地。

我理解他所說的預言，那已具體實現在他身上。不過我也明白我的父母不會再有生養一個孩子的打算，他們總是吵吵鬧鬧，三不五時提離婚，彷彿離婚很簡單，如路途相逢的旅人彼此寒暄過後各自天涯，陽關道，獨木橋，此生再遇的機率是千萬分之一。沒那麼簡單。我的存在就是個路障，誰要走都必須經歷我。父親打包好衣物問我：「跟我還是跟你媽？」我笑著不回應，然後母親拉過我主詞替換再問：「你要跟我還是你爸？」我依舊笑而不答。這情景經常上演，比八點檔還準時，之前我哭先被爸爸作沙包練習接著被母親用衣架撢腿，此後我笑，他們反而收斂怒氣，其實我內心早就傾盆大雨，替我、替我父母、替這個家蓄洪。

鄰居和我一樣，早熟了。

幾年後他媽留下離婚協議書，簽名蓋章具備，薄薄的一張紙用瓷碗壓在餐桌上，便不再回到這用水泥紅磚砌的平房。他擔起家計，四處打零工，為了養活弟弟，因為父親也偶爾搞失蹤。相較於他母親的堅決果斷，我媽顯得猶有情意，心口不一，該洗的衣物洗淨，掛在陽臺隨風擺盪，除了我小小的制服之外，父親的衣褲尼龍襪排隊得十分整齊，直到衣服的主人離去，我已經學會自己洗自己的內褲。我記得在被眾人遺忘的午後密語對談，我笑著回應另一個孩子：「我希望我爸爸媽媽都死掉。」可我們都忘記這些事肯定會來，是遲或早的問題。然我們似乎在很小很小的時候透悟未來種種，故放肆地當個野孩子，趁家還是家時，將最甜的記憶儲藏好，好在這塊方糖被溶解前，記得曾經有過這樣的日子。

所以，所以請原諒我的坐立難安，那樣的日子維持得並不長，長不到我和您面對面時表現出有家教的模樣。

2

請您原諒我，不應該讓您看見照片。

照片：六樓跟五樓的階梯轉圜處，一片與牆面同等長的玻璃鏡，惟有人留心駐足，他會臨鏡梳整頭髮、衣領，笑笑，提腳跟蜿蜒向下，不留證據。我和L在這兒攝影。他前我後。他減肥減成紙片人，雙頰凹陷，愈發顯得眼睛大，挑起一葉柳葉眉；我則黑衣黑褲大眼鏡，尷尬喬姿勢，懷裡抱著琴譜。不具名的某某，狗仔隊般的翻拍照片，向您爆料，有圖有真相，還有一本書佐證，寄往您任教的學校。

爆料彷彿鳳仙花的蒴果，綠色炸彈，流言樹。

不曉得是不是處女作的書名筆畫帶凶，它經常招惹麻煩，先是癌末父親讀，爾後是您讀。根據L的弟弟「通風報信」說：「媽，最近一直重複在看一本叫做《壞狗命》的書。」您看見了什麼呢？禁忌的愛居然在自家發生？而且對象是傾盡心力培育的早產兒？我把瘟疫傳播到了L體內，使他不再如您印象中的兒子，乖巧、聽話，他成了白羊群裡的黑羊。

夜貓去處有限，L賃居的小套房的大馬路開了間氣派的魚中魚，通徹明煌，大包裝飼料，各品牌寵物潔牙骨和推車，狗貓龜貂刺蝟，當然還有「活招牌」：雙臂拉筋開展都無法衡量長度的水族櫥四面，海水淡水間隔養，鰓鰭鼓動揮振，游到盡頭咕嚕轉蒙白眼珠擺尾又調頭如是反覆，簡直唐僧取經的精神。L指著紅龍說：「這是保母魚！」L言五六歲前託阿媽照顧，十八歲結婚的你們帶著大女兒轉戰臺中市區教書與置產。那段知識白紙期，他總在哭，歹育飼，然後阿媽任他驚聲尖叫，隔段時日，小孫子竟安安靜靜地望著客廳的紅龍，過來，眼睛跟去，重複數次，睡了。

L沒告知我更多，我以為這就是他記憶的起點，一尾鬼打牆的魚。

命使然，您待L嚴格否則輕視命的重責大任。您與丈夫皆是高中自然科教師，一物理一化學，教養出學音樂的孩子。在透天厝裡各人擁書房角隅，休閒活動是看書，《山海經》、《鏡花緣》、《太平廣記》、《閱微草堂筆記》、《聊齋誌異》……縱然內容神神鬼鬼仍是經典，L饒有趣味地讀，沒第四臺的家庭啊，電視畫面亦篩選，大抵是灌溉知識的卡通。乍聽汗顏，讀中文系的我完全、完全沒翻閱過，甚且L還是個國小生就熟爛了，「不懂先看翻譯」，他仍可記憶武則天命令四季花一宿開，什麼某花仙屈服威儀帶頭作亂，後院百花辦超級名模生死鬥，「因為她拿火爐要去烤嘛！」

假使我和L的童年並峙，就是笑話了。

我是標準的電視兒童，九十九臺尚有解碼A片的年代，幾個小蘿蔔頭看著畫面中的男女狂抽猛送、呻吟怒吼，什麼是陽具何謂陰道，男女優的臉淌著汗，宛如從事一場馬拉松式的運動，完全感知不到愉悅的動作片，我們，有男有女地嘖嘖稱奇，為女人的尖叫而恐懼，為男人的賁張而讚歎。

進桂林路水族館，問老闆想買水草最便宜的那種，自然課的觀察作業。無意間抬頭看見貨架頂端有盒紅色塑膠盆，盆沿貼手寫字卡：「鳥龜」。哇！趁阿伯撈草裝袋，我想像龜殼連接著翅膀，要是牠們不滿意居住品質或伙食就要飛了耶！我祈求老闆讓我看一眼「鳥龜」好嗎？他十分尖酸地嘲笑：「底迪，這字是『烏』不是『鳥』。」老闆轉頭換了另種水草：「這容易養。」依舊死了，霉於浴室藍水桶。牠的死使我哀傷，回憶起進水族館的下午，幫浦打氣的嚕嚕聲和漂白水的氣味，鳥龜、鳥、烏龜，一橫筆，雲泥之別。

您看見怎樣的我呢？一隻更黑且帶角的雄羊帶頭作亂，使L誤闖迷途？

3

請您原諒我的坐立難安，和接受這顆突如其來的隕石。

那日L在學校裡舉辦的音樂會，紅天鵝絨布幕平張無波，聚光燈三明三暗後，漸次收攏，成為左右側沉重的蝴蝶翅膀；一架史坦威鋼琴如磐石如老僧入定坐在那裡，我在這裡，出風口底、光線所無法照及處，而您正巧和L的弟弟、您剛升國中的小兒子緊鄰後一排。我們的目光投注前方，好幾朵舞臺燈營造出夏天正午時分的景致：亮，熱，刺眼。他拘束地穿著西裝，皮鞋黑得亮，一枚黑領結別在白襯衫領口，每顆扣子盡職收束腰身，他畫了妝，整個人不合時宜地走上發光的臺前、坐在海綿蛋糕似的琴椅上，盛大的暗廳裡的光將他凸顯出來，也悶出滿額頭的汗。

請原諒我的不安以及換了位子，當您發現我的存在。

DNA：存在是孤寂的母親，驚怖是存在的兒子。

據說阿姆斯壯登陸月亮的第一句話不是勵志的「這是我的一小步，人類的一大步」——那可是一顆搭公車、捷運、波音七四七無能抵達的衛星——不示另一面，謎，作為探勘未知領域的他，望眼所及寸草不生樂聲不響，曾經的星址起不了指南效果，站在灰黃地上回首地球，僅僅是另一顆帶顏色的月亮。於是流言鵲起，當事人顫抖抖摩擦粗嗓子說的是：「那是誰？」還能是誰。之外的之外的之外，光速一秒三百萬公里，以年計算，身為光，它應該悲哀；身為人，這亦是悲哀，在之外的之外的之外，是否有移民太空的喬遷地、是否有生命戴耳機滑手機聆聽流行金唱片？不知道。「不知道」即是回應，它比「知道」更值得深信。然而答案如摻礬落杯底，心中拉禮炮一點點歡喜，繁多的訝異：熱手觸冰覺得燙、冬日陽光很冷峻、人前樂觀隻身時情緒盪 down 盪 down 盪得沒完沒了的鞦韆所以將自己拋遠失魂……這些逆反經驗的經驗，初識總是為難，預計的航道偏了方向，發現新大陸，度量經緯拼圖似的拓展想像的格局，慢慢地，攜回異國的辛香料與種籽或者其他，這些剛開始使人驚奇而後熟悉的感覺多像史前時代的第一把火，如此驚駭。

逃逸正常軌道就是恐懼的本質，多像您懷L時認為孩子透過臍帶相連必滿十個月，誰曉得他提前誕生，名符其實的早產兒，一手盈握的掌中嬰，滿臉皺紋根本是個老孩子，當然刻薄的形容是老鼠，醫生評斷有危險之虞，怕是養不活，進駐塑殼保溫箱子宮。幸運的，L頭好壯壯，雙手兩腳一顆頭愈漸肥腴起來，十八歲前體重直線上升，一餐吃五十顆韭黃水餃，誰發育期不是口腔動物？這沒問題。直到我成為您第一次登的月亮，您戴了頂灌氧氣的太空罩看見了我，我可能正在用筷子撈陽春麵，但沒任何防護設備，您驚慌地問：「那是誰？」

主詞不是你，是it，難以歸類的就用此代稱。

甚至，連問話的對象並非令您吃驚的我，而是他人。

我便獨立，列入未開發的處女地，您如何看待我呢？

4

請原諒我的揣測，尤其對象是母親時。

我母親是個苦命的女人，一輩子耗費在桃花失序亂開的父親，平日不賭咒，週休二日夜半喝兩罐臺啤，藉酒佯瘋，嚥不下去的就嘔吐出來吧！我通常識相聽她說，不表態支持某一方，嘩啦啦西北雨急且猛且固定的夏日午後儀式，該發生的就順其走向，分明的、那麼多的愛怎會聽來像恨？有回她「演」過了頭，涕泗橫縱流，鑲塑膠假鑽的拖鞋先以燦爛的光而後與階梯舌吻的啪嗒聲，下了樓，幾分鐘後市內電話響，話筒彼端有風吹，她的聲音像極讀取一萬次的卡帶產生磨損：「我在河濱公園，錢藏在梳妝櫃的奇福餅乾桶裡……」我騎著破爛的腳踏車夜巡半截新店溪河堤，一無所獲，除了鵝毛筆似的芒草、黑絲綢溪水、幾座穩重的石泥橋，對岸面河矗立幢幢樓房，幾百扇的玻璃窗有的亮，有更多的沒亮，稀稀落落，真想住進隨便一戶啊我盼望。終究懸心而回。翌日清晨母親提豆漿飯糰返家，關於後半夜的隻字通通見光死，沒事地啃完食物，去理髮廳重新整頓半屏山頭髮，然後睡覺，醒來該是上工時。

我厭倦這樣的母親，如此的生活。

選擇離開臺北，這個我居住二十餘年的老社區，它的滄桑仍在，萬華的老是永恆的老，自我生活在這兒，它已歷經歲月刷沖，老的沉積岩、腥臭的淡水河，來不及見識的風華給了我諸多傷口，一處一記憶。我必須離開，否則我便和國小國中同學的命運相仿，在廣州街、梧州街擺攤拋頭露臉賣吃食，這不是我要的人生。我要的是離開母親，就像彼時沒挑好良辰吉時誕生下我，她的子宮受壓迫，許多張手與她的激烈喊叫中，我滑過狹仄的陰道，成了她一塊孕育十月的骨肉，是吉是凶不到蓋棺論定時總是有轉圜餘地。我成為自己的母親，自我增生，我要這個「我」走他想走的路。

而路，必須離我的父母愈遠愈好。

我來到您的城市，中港路是臺中市的脊椎骨幹，特大條馬路拉得特長，抵東海最高處圍牆邊戛然收束，陸橋再過去它就改名換姓直通沙鹿。那座天橋兩端一邊住了萬來個學生，一邊是異國風的國際街。新的城市，新的我，無人管教，蹺課窩在宿舍睡覺，落地窗外大度山的樹木像巨大的花椰菜，深淺濃淡的綠，每個準點由深不知處的一團綠裡飄蕩鐘聲傳到我耳裡。聲音提醒我該吃飯。聲音告訴我太陽掉落山與山的縫隙，黑夜來了。我憑著雙腳逛東海別墅，那是條蜿蜒且上坡的道，想得到的食物都有，且便宜。我彷彿不曾離開臺北，夜市是論規模不論賣什麼的，只因乏善可陳的炸物和滷肉飯和麥當勞，我夢遊般地把問題帶到另座城市，一切仍在夢之中。唯獨國際街例外，它的屋舍仿歐風，門柱巴洛克，屋頂尖翹，規規矩矩地立在路旁；屋後有未開發的荒田。有心的住戶乾脆蒔花養片韓國草，四季該開的花翻牆炫耀，多是九重葛，負荷花瓣盛開的重量而低垂。就是那時候我培養起「賞屋」的興趣，我要這樣的質料的門牆，土耳其藍的信箱，踏著離散的碎石跳浮冰的國王企鵝似的走到嚴實的防盜鐵門，啊！圍牆顯眼處一定要貼著「周寓」，證明這是我所有，我獨自居住的家。

您有見過我嗎？一個表情類似渴望購屋的男孩？

5

當然您現在知道我是誰了。我卻不知道您對我「印象」如何？

我離開您注意的視線範圍之外的之外，一起聆聽L的彈奏。

那些樂章我實在記不住篇名，豆芽菜譜掛在五線譜，他的眼他的手指彷彿雙核心，能獨立辨識並經由電子琴的喇叭孔流洩一地，在他五坪套房內，在我耳朵外，散落滿地的音符。天生的音癡凝視L挺直的背部，就算他如何將一首曲子套上「三隻小豬」的故事試圖「開發」我音樂的想像：第一隻豬相信母親返家興奮開門（OS. 要輕一點，他很開心，但隨後他馬上就要被吃掉了），愉悅的高音頓時降了兩個八度，（OS. 這時候裡面的兩隻小豬開始緊張，野狼繼續撒謊，各懷鬼胎），或快或慢的氛圍揉雜成一條線……。我忘了第三隻小豬或者這首曲子是以怎樣的休止符終結的，因為，在那之前，我安心地像個孩子睡在他的床褥，不需要安眠藥即能沉睡，任由鋼琴聲包裹住我，彷彿搖籃曲，夢一層一層又一層下陷，知道自己正在墜落，亦知道墜落的最後，將有鋪設著蜂蜜蛋糕那般鬆軟的基底，不會讓我骨折甚至，無絲毫擦傷。

這是愛吧。L是我宇宙誕生的霹靂：

受虐狂為了逃避自己無法忍受的孤獨感和隔絕感，讓自己成為另一個人的一部分，把那個人視為自己的支配者和保護者。保護者是受虐者的生命，沒有保護者的話，受虐者就無法生存。在受虐者眼裡，保護者既是人，又是神，是自己的一切；而自己除了是保護者的一部分外什麼都不是，只有這樣自己才能分享保護者的偉大、力量和安全。

佛洛姆《愛的藝術》如是說，我覺得這個已故的作者描述的就是我！他以我為藍本講述為何小七歲的L於我的重要性。他把我由「隔絕」中釋放，按他「超譯」詮釋為：「就像你去寵物店買了狗，這狗去了你家，習慣你的作息認識這屋子叫做『家』，是你讓牠知道人類的世界。」可這是當您知曉『我們』、他是他、我是我之後，我才理解的。我在理解，從L身旁離開，獨自回到「隔絕」狀態，將原有的「習慣」找回來，然嘗過甜蜜的滋味就會懷念，正如同短暫的童年幸福期，以及反芻不盡的惡夢：

在六歲左右，孩子開始需要來自父親的愛，需要父親的權威和指導。母親的作用是給予孩子一種生活上的安全感，而父親的任務是教育和指導孩子怎樣為人處事，怎樣面對將來可能遇到的種種困難。一個好母親的愛不應該成為孩子成長的障礙，也不應該助長孩子的依賴性。母親應該相信生活，不應該惶恐不安並把這種情緒傳染給孩子。她應該希望孩子獨立並鼓勵孩子最終能夠離開自己。父親的愛應該堅持原則並對孩子提出要求，應該是寬容的、耐心的，不應該專橫而粗暴。父愛應該說明孩子認識自身的力量和能力，建立自信，最終讓孩子成為自己的主人，從而能夠擺脫父親的影響。最終，一個成熟的人獲得了獨立，此時他既是自己的父親又是自己的母親。

所以請您原諒我，無論我的父或我的母都沒教會我這些，並且我來到這裡，自私地與您分享L的成果。

我泡在樂音池水中，緊張的、惶恐的、疲憊的，遠遠注視著您時而雙手做抱球狀、時而雙臂環胸交叉、時而抿唇以門牙咬了咬下嘴唇、時而與身旁讀國中的小兒子貼耳交頸分享幾秒的祕密、時而和熟識的人四目相接輕輕揮舞手掌、時而舉起相機拍攝舞臺上的L、時而閉眼食指在大腿點著拍子。當然，其中一次您終於回過頭望了，旋即轉頭，您應該沒看見我預備好的微笑吧？也或者，您搜尋的是其餘該打招呼的親友，我，非焦距內的事物。

當曲目告終，L享受百來人的喝采，他已然非我所有。

他提了把跟身高相仿的大提琴現身：「這是我最近看過的一部很有感觸的電影的主題曲，很多人可能都沒聽過，因為這電影比我們出生得更早。」電影也比我早降生此世。他的指頭尚未拈絃，馬毛製的弓還在右手凌空，我便知曉，作為最後一首歌的意義，於他於我，都是耗盡一世人的等待，卻眨眼分離，歌名是〈The Rose〉。在我漫遊完國際街「賞屋之旅」後，租來的DVD，看了不下幾十次，我覺得我就是Rose，我從來都不是我，我破裂為億萬片的碎屑，投射到Rose的身上、投射到L身上，我沒有臉，沒有聲音，在時間裡被動地順著河流漂浮，在空間的轉移之際背負著無父無母的孤寂，不明所以的去那裡，來這裡。

1

請原諒我的坐立難安，面對長輩總是感覺侷促，臀部東挪西移彷若一條曝晒柏油路的蟲，百足齊動，一百個受器同時接收到刺激；也或者是一側踏地的五十足，腦袋混沌，思緒像煎炙熟透的蛋白失去流動的權力。該如何命令一尾正在鐵板燒中的蟲呢？請牠稍安勿躁？話尚未起頭，過多的緊張最後成為扭捏、多一些的隔閡終究天地遠，那一點也不能舒緩以及順利的談話。

我只想告訴您，不用擔心。

也想告訴您，假使我是您兒子、您是我母親，結局必然如此，絕對如此。

這信，斷斷續續寫了十年。
如果，如果您讀見，必然要、絕對要原諒我：
「如果我是您兒子，現在才明白這樣的愛其實是另一種傷害。」

姊結

1

國小畢業前，母親聽信了導師的話替我轉戶籍，讀了另一所國中。

我家位處尷尬地段，毫無章法的都市建築美學，巷中有巷，進了這頭如走進時光隧道，以同樣的步伐走正路時必須規矩繞著大馬路方能抵達另一面；在巷中巷的交媾後，成了捷徑。對我而言，路是多麼奇妙的存在。夏天結束後，我必須從原先被劃分進的A學校轉到B學校，它們的差別不過在於從這裡出發到達那裡，或者從那裡回到這裡，於巷於路，沒有遠近之分。

課後輔導的胖墩墩女老師的話：A校附近的「風氣」很差，你能想像整間兩千個未來立志當流氓的孩子會讓妳兒子「出汙泥而不染嗎？」（這句話是「解語」，我媽聽不懂深奧的國語，她們用臺語交換心得，要翻譯也會詞不達意吧）；B校比較好，很多老師的孩子就在自己班上，雖然也會有流氓，絕不會比A校多。她們宛若閨密，分享利弊關係，取與捨之際，要母親「慎重」考慮。

我坐在靠窗木桌椅，六年級的樓層在六樓，大片玻璃窗是國家地理頻道：有好多的雲，一隻瘸腿馬瓦解了、一顆愛心瓦解了、一朵花椰菜呼朋引伴另一朵花椰菜……海水藍的天空頓時成了肥沃的田，花椰菜們原先是白的，陽光尚且能隱約穿透雲層的那種白，零瑕疵，使我想起學期初剛分派下來的寫字簿。突然，這些「農作物」由底端細筆勾勒每片葉每條梗的輪廓，接著用廉價粗糙的毛筆沾墨，或濃或深的，使它們擁有遮蔽白晝的能力，擁有哭泣的能力。下雨了，我的窗口被雨絲斜織成布疋，沒起那麼高的樓、未茁壯的麵包樹，望過去曾經過去的二十餘年，雨壯觀地落下，沒有嘩啦啦的聲音，全然的靜謐，夏天的溽氣逐漸淡薄，近乎涼。我的窗口，或者說那西北雨的下午，兩個女人替我決定了B淘汰了A。六年來我習慣的路徑在心底都市更新，沒這路了，得重新輸入抵達新目的地的衛星導航路線。

母親撐著傘走在前頭。我則穿雨衣雨鞋跟著她身後。在那個七點半開朝會，全校師生一畦畦整齊列隊，由高至矮，戴著鵝黃盤帽立正站好，站在有陽光露臉的早晨，唱很難唱的國歌，看國旗由兩個資優生從地平面一拉一收地搭配國旗歌準時飄揚於桿頂鋁球……規矩井然的年代。規矩還有不能撐傘，必須穿雨衣；校外有座軍綠天橋，天橋下畫有斑馬線，請爬樓梯禁止橫越馬路，即使是綠燈。我們這批「產物」就如此被獨立，好像容易脆裂有傷，被視作骨董或其他有價值的什麼看管著。

我一路踢著柏油路的水窪，開成各式各樣科普書不曾紀載的新物種，在巷中巷回程裡，我是盡責的農夫兼發明家，綻放這世界存活率最短暫的花，透明且純淨，無法再複製一樣的品種的花。

這是我終止童年的最後畫面。

我必須離開，離開甜美，離開安全的時代，別人推著我不斷前進。

2

一家十幾口人，分三份戶口名簿，我「家」的戶長是四阿姨，下頭依序排列掛著爸爸、媽媽和我。按照我的世界地圖指示，黃和粘，不過是穿巷越街的距離，寄黃姓人家籬下三年，說是回家，也不是。很近是現實的標準，很遠才是心靈的座標，我篤信後者卅年，堪稱忠實粉絲的程度。宇宙因我而生，世界因我而小，所有的千萬事物彷彿由我身上蔓延枝蔓，爬了歲月滿牆葉，每片葉的葉脈模糊難識，每片都是結痂的傷口，每片都有一題謎語。一紙戶籍謄本簡單幾字，卻收容不進一個名字的經歷起伏，它，的意義僅只是「這裡」有「這人」活著，偶爾管區員警戶口調查總是囫圇潦草的Q＆A，有就有，沒有就沒有，於他人來說我們的存在微不足道，頂多替臺灣人口老化數字添小數點。人生在單調無趣的紀錄上是是非題，選擇題是自己左右轉的念頭，無關對錯，啊！還是複選。簡直像掌紋獨一無二，智慧線深淺識得聰穎或愚昧，生命線長短以及岔出的鎖鏈預估壽命和波折……褶皺的紋理是註定的，選擇或不選擇對我其實只是去看見過程。結果的同義詞是死亡，無論對一張紙、一個人都不會產生歧異，「這裡」的「這人」被註銷了，你會知曉掛在這棵家族樹的餘葉逐漸凋零。

一手包辦喪葬細節，跟著師公仔去二殯排火化爐跟預約靈堂，上福德公墓靈骨塔配生祭辰挑塔位爾後「刷卡」（服務小姐強調「山上」不收現金）……不運動的人突然動起來，瘋狂燃燒卡路里的「小寫我」成了外婆口中驚歎的：「汝跟汝阿爸少年時生得一模一樣！」我不知道父親年輕時的長相。我拒絕像他一切可視見的。然而基因無法根除，天性為逃，他離開我，我閃避他，他過世我活著奔波他離開後的繁縟文件，最重要的是東借西湊的喪葬費等著勞保補助救火。所以我在戶政事務所，抽號碼牌等待，等待「姊姊」的地址。

母親為父親臨時加入水管公會，她的未雨綢繆是對的，父親轉院復轉院，撐過一年多，累積補助約莫九十萬。和勞保局的小姐魚雁往返，總是限時掛號來文說明，按照法條父親和前妻所生的女兒也應分得遺產。什麼「姊姊」？一個平生不識的女人——姊姊——阻斷撥款的時辰。戶政單位給了我一列萬華的住址。

我問：「難道沒有電話嗎？」

「我們不能給。」

「可是……她是我姊、ㄐㄧㄝˊ。」

「很抱歉，我們真的沒辦法給，我們根據個人隱私的原則，我們……」數不清她說了幾個「我們」，裡頭有包含「姊姊」嗎？她是否也遺傳了「周不見周」的逃離病？

3

姊姊，在我還沒找到妳之前，妳曾剎那閃逝過尋找父親的願望嗎？

他在妳三歲時離開，兒童心理學家認為四歲前的孩子是沒有記憶的，妳會偶爾想像、偶爾在夢境，甚至挑選男友時從對方身上感應到某種來不及享有的欠缺嗎？妳或許不知道「弟弟」的存在，可我知道妳，我不想干擾妳，沒有感情基礎的家人無非是流水，於各自的航道滾動礫石，直到，我們把那塊名為「父親」的巨石磨得圓潤，不然每次的刷沖將都會是一次疼痛。

根據區公所乏善可陳的資料顯示，妳仍冠周姓，底下的名換了組筆畫繁複且輕盈的兩個字。身為被遺棄的女兒，與父親時差近三十年，我們的父溺斃於時光河流。臨終的他沒留下隻字片語，呆呆望著安寧病房的天花板微笑，這是護士轉述的內容。他的父親我們的祖父早逝，祖母旋即改嫁，隔年產個女娃，同母異父的妹妹。妳不覺得我們的存在是為了重複他的旅程嗎？註定好的。

痛是那人走了，你卻逐漸變成他，不論願意與否。

騎著一二五CC摩托車，車過福和橋，逝水如斯，妳在對岸。

從前的路已是史前遺跡，勤勞拜訪區公所小姐，她總算日行一善偷偷將妳母親的戶籍手抄給我，又獲得永和地址，我的責任是告知妳世上沒有父親了，以及母親抱著頭燒卡關的勞保補助。錢對於妳應當不是問題，舊鄰居是蘋果日報線民，專門蒐集鄰里八卦與咬耳朵，她們說妳生活富裕，先人投資理財眼光遠，臺北盆地滿是雜蕪荒田時，狠狠買下信義區的多塊土地；拆成三人份的三個十萬我想妳不會是由天迫降的好運道，遲來的死訊無價，即使懷揣恨或愛，它已然是事實：一罈骨灰。

4

再沒有，再沒有比「死亡」更堅硬的字眼，筆畫少留白多，我該填補些什麼進去呢？就從他尚能鼓脹肺葉消費氧氣的最後一截講起好了。

每當我昏沉搭電聯車至醫院的加護病房，踏在輕飄飄的月臺，與幾十雙鞋履湧向唯一一個出口，我身體是軟的，西裝男的肩膀撞擊我的手臂，手臂消失；購物籃裡的青蔥綠菜柔順露出頭與提籃的歐巴桑，蔥葉像一捆收拾整齊的針配合主人不平衡的步伐左、右、左、右、左，階梯幾層，我的腰便被拿不準穴道的中醫生針灸，不對，拔，總是扎錯，總在拔；車站旁有間國中，遲到的學生橫衝直撞，用他們的背影踩過我的腳趾、側身鑽縫時留下青春的汗臭味帶走我的嗅覺、用翩飛的印有某某國中字樣的書包提醒我的歲數、用他們彼此毫不在意晚遲的嘻笑摘走我的耳朵……我的內在逐漸被同行旅人各自帶走一部分。

我羨慕他們的去路，絕對是回家，或是安全的巢穴。在列隊刷卡出站的行伍裡，我總是最後一個離開的人。目視西裝男外套包裹住而顯現的手臂線條晃在空中劃出弧度左轉下樓皮鞋喀喀喀地迴響、購物籃占據三人座藍膠椅中間位置她的主人掏手帕按壓額頭爾後戴妥漁夫帽坐著吹冷氣，至於學生則路線一致遺留匆促的鞋底摩擦磁磚呱嘰呱嘰的尖叫聲慢慢漂淡終於成為一枚遙遠的低音。我是隱形人，這兒如此陌生，我不懂，可能我一直都不懂父親的思維邏輯，他是令地球稍微傾斜的軸心，他是氣候暖化的南北極使格陵蘭島雪融發綠苗，不容忽視的存在。他的存在使我不存在。

車站的廊道極長，兩旁租賃予販賣什物的商家，其中是間算命攤。我坐下來，請女師傅還我掏空的臟器，以她喃喃唸咒的儀式兼猛烈箸擊羅庚的篤篤聲，預知我的命。為何是羅庚不是其他高音頻的樂器？她根本沒有自圓形指南針透視我的卦位、二十四山角度，轉而由桌底取出整疊護貝的資料夾，碰上神棍了我想！中年女子烏髮於腦勺盤成髻用一支筷子固定，當她正視我的時候，畫面是筷子刺穿了她的太陽穴，三分之一埋伏腦殼。她身後垂著解析度欠佳的觀音圖，觀音疑似打上馬賽克的AV女優。是神是鬼的女師傅說文解字起來：「紘」字不好，你屬牛，普度的時候豬是不是被繩子五花大綁擺在供桌？牲畜就是祭祀，你跟你爸緣淺啦，為他服務，咬牙忍耐，很快就是你的十年大運。預言完這番話沒多久，父親獨身死於大年初三的安寧病房。

車過福和橋，我就反覆練習臺詞，因我們的父親消逝而首次相聚。

5

我想起童年對巷子的熟悉，它是大道圈囿的羊腸徑，非本地人容易迷路，越是急迫越是失去方向感，腳分明在行進，東繞西拐南轉北彎的就是找不到準確的路，多像進入擠滿宿便的腸道。

Google地圖3D認途，姊姊的家就在牆貼牆串成排的老舊公寓裡的二十五號，兩條巷子寬度僅容一輛私家車駛過，一條去一條來的單向道，路口即是警局。衛星定位告訴我是這裡，放慢車速沿途看門牌，後頭轎車拚命按喇叭，只好時速四十轉進另條巷子，投胎再來。避免叭叭事件重演，車停在路旁，我彷彿考古學者辨識鏽蝕的門牌，二十三號之後肯定是二十五，單在此雙在彼的通則。可是，下扇門是二十七，紗窗裡的住戶蝦腰鑲嵌在不搖的搖椅午寐，不好意思驚醒他的夢，掉轉二十三，大叔提水桶潑灑熱氣氤氳的柏油路：「歹勢，二五號佇佗位？」他非常非常認真地思考，眼瞼薄透得能看見眼珠在旋轉，轉啊轉：「我這世人蹛這，沒聽過二五號捏。」姊姊的家是一面高聳漆斑駁的灰牆，無窗，無門，平塗法似的灰色牆壁，不可思議的灰。問人民保母準沒錯，透明自動門開，臉色闌珊的男警自貼有「詢問臺」的桌面抬望，打量：「你有什麼事？」我要尋找不在的二十五號，我懷疑房子提前知道我的來訪，昨夜長腳，跑了。「我要找二十五號，可是找不到。」他起身，僵硬的骨骼喀啦喀啦響，陪我走出迷你尺寸的警局，聽我講述尋找神祕二十五號的過程，他把滑落鼻翼的眼鏡安回山根，看一眼巷子，報告：「可能真的沒有二十五號。」海軍藍員警踱回他的櫃檯，恢復俯首姿勢。

叩叩叩哈囉，芝麻開門，有人在家嗎？

路人不覺我舉止怪異，直接問：「找二十五號嗎？」

我來到這排樓的不知是正臉抑或後腦門，千門萬戶隔條雙臂寬的窄巷面面相覷「塞」得嚴密，活像螞蟻窩。巷短，疾步一分鐘解決，門牌疊得與門同高，有些遭排擠的就隨意釘在水泥柱。數字是順序，沒有理由區公所小姐冒著風險提供的訊息有誤哇！阿拉伯數字儀容端莊，0不會情急變成6，1不會長成發育良好的7，如此明明白白的住址，任我看瞎眼也找不著。怎麼那條巷的門開在另條巷，那麼它不是喪失指引的責任？

一分鐘巷子踏來踏去，天色逐漸晦暗，路燈同時睜開眼，天就黑了。

我站在巷口點燃一支菸，看車牌，看車牌標示數字的公車靠站，分娩幾個人。大多是高中生，即使用腦過度歲月還不至於殘忍到收回該有的青春期。他們同行一段騎樓，於警局前的十字路口直矗好幾列磚牆脫落、鐵柵欄擱著的爬藤不知節制地點綴牆面又不是織布、巷口宛若瞳孔小雖小幾百幾千人就住裡頭的老房子，他們成為個體走各自熟悉的路，鑽進巷子，回家。

資源回收阿媽，推著她收穫滿載的推車拐進巷子。我攔截她問：「借問×巷二十五號在哪？」來者問題問得好，老婦土生土長永和人，伸直風乾臘腸指，不說話，笑，津渡在那。我掃描門牌，沒有。老人家開口了：「看這看這！」滄桑的節眼，龜裂的灰指甲點擊鋁製門牌，鏘鏘鏘，好悅耳的金屬聲。

「×巷躲身××巷？」樓的格局是××巷在前×巷在後，一層樓闢四戶，前戶與後戶之間尚有門牆，而非現今以為門對門的兩戶。正要按電鈴，老人說自己就住這。自然過濾阿婆的補充逕自按門鈴，「嘟」一聲之後，揚聲器回應我遼闊的雜訊，再按，再再按，機殼的聲音越來越沙啞，它什麼也不說。阿婆目睹全程，一按一笑，按的次數越頻繁，她的笑聲愈加嘹亮，代替沉默的門鈴嘲笑我的白費工夫，證實她所言不假。遂將預設的冗長臺詞，簡單草寫留下關鍵字，順手清理信箱盛開的印刷品：逾期的大賣場特價傳單、上週到期的掛號領取單、月初該繳交的水電費通知……全部錯失時效。然後，紙條慎重非常地投遞進去，安靜的，我想像字條朝淵井下墜，仍在飄搖晃盪中。

然死期是永恆的，刻意遺忘不可行，除非你也死去。

6

幾日後我接到來電，聽筒彼端是個女人，她說她是父親前妻的妹妹，再三強調。準確說，這不知如何稱呼的女人冷靜聽完故事，煙火誤植為炸彈於她體內爆破，記憶之屋弭為平地，直說著：「這麼年輕怎麼可能……」跳針似的話語定錨在疑問句之前之後，顯然她不敢置信，「阿姨」佯裝鎮定的語氣然聲線卻曝露了曲折些許哀戚。是四月，愚人節已過，父親的世界末日已過，二月的春雷在四月殘酷。

我誠實的天使補充自己的生平，怎麼長大，如何被拋棄，父親的潦倒餘生。我狡詐的惡魔擴充和這自稱「阿姨」實則「前妻」的女子進行敷衍的哀悼後，將她和母親的遭遇相綰合，命運彷彿的兩個妻，在同個男人身上應證他劣質天性，為了撫卹金盡全力詆毀死去的人，幫他註解，下定論。天使與惡魔分進合擊，虛構就開始了，在手機電磁波中傳遞很多恨，順沿她的情緒嫁接類似的記憶。

父前妻總算掐準對話主題：「意思就是，你要『我們』這邊簽名放棄繼承財產，對吧？」

「如果『姊姊』想繼承這三十萬也是可以，我媽急著還跟親友商借的錢。」

女人無縫接軌搶白：「『她』絕不肯分這筆錢，髒！『她』恨死那男人了！」「其實我也恨我爸爸。」「唉呀，『你們』母子也是可憐，那，『我們』該做些什麼？」很簡單，一份勞保局的補助金正本我和母親完成手續，「姊姊」週休二日或有空時可以約在咖啡店，勾選放棄，蓋章簽名，馬上就能速件送審。父前妻二話不說像把磨利的菜刀：「不必見面，掛號來，『我們』會盡快寄回去，等等發簡訊告訴『你』地址。」聲音是標準國語，行事風格強悍，說一不二的女強人，我想我是她丈夫，肯定天天疲勞轟炸漸而神經衰弱，別說一席之地，連塊站穩腳尖的磁磚也沒有，難怪會離異。我媽也屬於這類猛虎太太。這是天使抑或魔鬼的畫外音？

高效率女人花費半分鐘，嗶嗶嗶，傳封簡訊進來，新地址與姊姊的名字，十五字解決。隔日天明，郵局甫開門，我是第一個郵務辦理員收的第一件限時掛號。

6-1

兩年前那個恍惚的白晝，以及之後，她如何生活。父親的死是屬於她自己的，殘餘的情感則在活著的人身上進行滅菌工程。

「年齡增長這回事只是睡覺起床次數多，而只是睡覺起床是不會變大人，如果只是隨波逐流，任憑體制擺布，不反抗，不思考加味，則到七十歲是否算大人，這是很難區分的？」我隨意抽出一本柳美里，精裝文庫本附帶一條棉繩作書籤，那條綠色的線停留在這段話。是多久以前的感觸，特別在這一頁罕見的問與答罕見地標示？忘了。但現在的我卻能替兩年前的姊姊翻案了，在女人心中長不大的女孩下一個真實的註解。

女友穎深夜丟來臉書站內信，已讀的話語下方橫列淺灰的時間數字，像是要你知道又刻意淡淺。女友是個體己的人，我們走在路上，千萬人擦肩而逝，她總是比我先開口：「剛剛那個男的，你喜歡齁？」像是我外掛的腦袋，或者我是她外掛的腦袋，她和我之間有種微妙的牽引，譬若潮汐與月亮盈缺的關係。女人心智比男人早熟，第六感靈敏，關鍵時刻她就敲我，替我滿水位的磚牆敲出一道洩洪裂縫，優養化的水庫被釋放。這回敲我，委婉跳 Tone 交換近況，突然，她寫：「我爸有女朋友了，而且還生了個孩子。」十分訝異，混沌的我全然不知這段時間她怎麼消化這條沒生字、組合後竟有原子彈威力的句子。

我們都逾三十了，很難說大風大浪見識過，小舟仍可自救。她說，和做食品代工的父親鮮少交談，頂多過年吃團圓飯時一家子像「不小心」坐在同個定點吃飯的陌生人，兌換彼此空白無交集的時刻，你，過著怎樣的生活。後來某次母親有要事撥號給丈夫，公司的總機小姐流利坦白：「老闆跟老闆娘送孩子去上學了。」一把尖刀插在動脈，無形的血假使能夠具體化，會不會是條紅色的河？炸彈揭穿故事隱瞞的外一章。我記得女友住在我家附近五分鐘路程的家庭式公寓，和其餘一男一女維持家的樣子，他們都少了一個父或一個母；她告訴我即將進行一項手術，右大腿鼠蹊處長了淋巴瘤，不摘不行，遠在桃園的父母在住院期間沒探視過她。而「妹妹」便是那時候知曉的。空調很冷的病房內，她聆聽來自兩個人的說詞，身體與心靈的新傷口同時撕裂著她，要她好，唯一的方式就是傾倒雙氧水，聽完泡沫絕跡的聲音後，就不痛了。這是兩年前的事吧？她雲淡風輕地說過去了過去了，很像髒汙的手術臺被酒精液消毒完畢，如最初如最新，沒有一個病患在其上醒來或醒不來。

離婚現在彷彿是很正常的口頭禪，輕易的便由舌尖成為話語。一個渴望兩個家庭的父親究竟是什麼心態呢？我的父親堪稱桃花樹，生於世的五十九年，我見過兩三個女子，他要我喊阿姨，阿姨的兒女頓時成為我弟妹，即使不是他親生的。女友穎的親生妹妹則不同，女孩流著同個父親的血液與基因，或許長得還挺相像的。她不恨她父親，她知道時間和幸福是同義詞，不及時捉住，它便從破洞的網順著洋流漂走；鼓勵他，父親，利用剩下三分之一的人生額度，去另組家庭吧。

「難道妳不想親眼看看自己的妹妹嗎？」

「我從沒這麼想過。」

「畢竟是同一個爸爸的孩子耶?!」

「你知道問題的癥結在哪嗎？」

「心理還沒準備好？」

「妹妹是父親一手帶大的，她搶走了屬於我的時間。」

突然之間，我想起兩年前的姊姊，為何她遲遲不願和弟弟見面。

7

掛號寄出的兩個月後，我們見面了。

母親回家後第一事就是隱藏來電號碼，陰暗暗的客廳裡她剩下單純的線條，朝話筒操臺語罵：「有命拿錢，無命開啦！」我癱在這沙發，她癱在那沙發，等待果陀的戲碼結束，疲憊的演員兩眼恍惚，神識沿途掉，掉在返家的路上。

我不懂為何母親要我將手機交給她，並且吩咐我坐在一大群拿號碼牌的民眾裡，她說接下來交由她自己解決就行。揀個偏僻角落，左邊的媽媽哄著稚子，右邊戴繡某政黨某候選人字樣的鴨舌帽發呆……前前後後左邊的左邊右邊的右邊，幾百人不顧旁人的目光各自進行殺死時間的儀式。我望著液晶螢幕看政令宣導，其實是看左下角的數字鐘，為何時間到了母親仍一個人站在自動門前鵠候呢？叮咚叮咚，一個人揣著號碼牌離開，又一個離開，一個一個被紅色叫號牽引至齊胸高的指定櫃檯，剎時我的視線充滿男女的腰際或臀部。母親朝我的方向揮舞手掌，指甲抓耙空氣。人潮的腰與臀阻斷完整的畫面，遠方的母親時隱時現，在她身旁的兩個一高一矮的女人彷彿是被這些怕跳號而匆忙起身的男女給刷洗出來的。

我來到三個女人面前。

高個子女人的聲音熟稔至極，她質問：「明明到了，你媽幹麼說你沒來？我們早就看見你坐在人群裡了。」

是衣服太不像路人嗎？一身黑還不夠低調？是染髮嗎？有個整頭漂染成粉紅色的歐巴桑該做何解釋，我不就是褐色嗎？是演得太不像「有事」嗎，缺少一點期盼趕緊叫我號碼的期待……被識穿的我，一秒內跑馬燈般於腦海開啟柵欄釋放一萬匹厭倦豢養的馬，究竟，是哪匹野馬闖進她的瞳孔呢？

「算了，快叫負責人下來處理，我們沒時間跟你們耗。」撥分機的空檔，我窺探那個同父異母的「姊姊」：麻料質地粉色連帽外套，淺灰棉褲，黑色慢跑鞋，大容量手提包，還有拋棄式醫療用綠色口罩，她單單露出眼。簡直是等會兒要去瑜伽教室的裝束嘛！

我們盡可能不讓四隻眼睛對焦，然偶爾壓抑不住好奇，她看我，我看她。

姊姊比我矮一顆頭，她看我時必須揚起頸項，那眼神，那眼神十分複雜，有著興奮、期待、哀傷、憤怒、孺慕、不屑、傲嬌、鄙夷、嫌棄、受傷等等情緒。她在負責案件小姐的指示下於鉛筆打勾處，簽她的名，蓋她的章，我在後頭端詳她的背影，年過三十應該是新陳代謝趨緩的年紀，有些贅肉，顯得略胖。父親就是個胖子，他的胖基因毫不吝嗇遺傳給我們。小姐確認無誤，說辛苦了。我心裡喊，集體解散，散！掛口罩的姊姊自始至終一言不發，我懷疑她是臨時演員，然而儲蓄那般多的情緒是金馬影后都演不來的真。女強人先聲奪人：「我們先走，五分鐘之後你們再離開。」什麼跟什麼，掰掰都不說一聲，母親因了了椿大大事處於弱勢也無所謂：「好。」我們依照約定五分鐘後步出大樓，天氣晴，葉目篩落殘餘的黃金。

返家之後，母親抱怨她的抱怨，晚點報復也是報復。

我試想百種可能，她們究竟如何知曉我的存在？

木板牆後的外婆躺在床，她夢囈般地問：「伊甘有講，汝跟汝阿爸少年時生得一模一樣？」

8

兩年前姊姊走進像父親的我的巷子，屬於她的迷途，遲到的童年終究要開始。

情緒過敏原

驚蟄，語調很美，實則驚悚。

我們不會再像孩提時代挑選放晴的雨後鑽進野滿酢醬草的田埔捉蚯蚓，並且用五塊錢的折疊刀片根據自然課本說的方式「解剖」牠——從中截斷，兩段紅繩子各自縮結，牠們會再成為新的兩尾蚯蚓，實驗做半套，隨即棄屍，管牠死活。

究竟，驚蟄能否喚醒地底的蟲呢？年紀越大，我越不想去公園求證，牠們醒不醒來，和現在的我無關。然驚蟄兩個字卻有種不確定性，是一百萬隻蟲同時從夢中驚醒，還是陸陸續續？是什麼讓睡眠的生物鑽出地表，完成天性賦予的任務？

剛洗完澡，每顆毛細孔賁張，體內疑似有人燃起篝火開晚會，從熱脹的孔洞隱約冒白煙。我持續吹髮，最熱的設定最熱的風，能嗅聞到吹風機裡環狀的電熱元件彌漫淡淡的燒焦的氣味。即使乾燥了，脖子有塊發癢的部分令我騷動，用手抓耙徒然強化了癢；熱風不同，它像是要讓肥沃的水田乾涸，根本療法般，既然窩藏著蟲，唯一辦法就是趕盡殺絕。我在自己的脖子風乾它，使它紅腫，使它更讓人欲摳撥，但我沒有這麼做。我一直熏著，痛或者癢到極致，神經會刺激大腦受器，轉化無法承受的知覺。我享受著這種愉悅。扭脖臨鏡，彷彿胎記，鮮紅的一大塊，一大塊的鮮紅是由燒紅的毛孔組織的叛軍，抗議，我便讓它們獨立。

每天洗完澡，我期待著這種既難熬又快樂的遊戲。

L不能吃香菇。黑色帽子，帽底有傘折，連著蒂根的那種香菇。其餘菌種都不會令他過敏。吃涮涮鍋他將香菇夾進我滾燙的湯中，載浮載沉，棄機逃生的駕駛漂浮幾千公尺高空後的降落傘抵達我沸騰的海域。偶爾不殺生改吃素，他盤內的食物大多是原始模樣，素火腿等加工品怕添加香菇。吃了丸子湯，喝了甘蔗汁，他便全身發癢，接著出現感冒症狀，L便將更多可能導致過敏的食物列入黑名單。一生無法吃香菇的人，我覺得可惜。這世界的食材豐富多元，為何單單香菇被排除在外；或許正因為只有香菇，才顯得他的舌尖經歷缺少一味而放大了缺憾？

我從來沒有過敏症狀，近來頻繁進出醫院，勾選有無遺傳性疾病、過敏的空白框子，有和無你必須直截了當選擇其一，沒有模糊空間。換季時脖子、肚腹一夜如蕨類胞子萬顆落體寄生，有時癢，有時不會，算是有還是無呢？癢的時候，通常是我注視它們打發無聊時。我自然而然開啟吹風機，試圖吹飛這些非請自來客，結果是它們愈加壯大，簡直到了不容小覷的地步。

如果回憶能夠具體化，這便是了。

●

我喜歡冬天勝過夏天，冬天的衣物一律 over size 蝴蝶袖、大腹翁於厚重的纖維遮蔽之下隱藏一季。我是事到臨頭才有反應的物種，不是不知不覺，是明明知道事情的走向正如繁盛的王國必然衰落、出生的啼哭是死亡鬧鐘倒數的開始，但我躲起來：長大的寄居蟹該搬家，牠拋棄過小的甲殼，尋覓不到適合的居所，恰巧被海浪壓扭的鋁罐就在眼前，我成了不倫不類的節肢動物。

父親輪流住兩間不同醫院的安寧病房時，他身體持續敗壞，癌細胞迅速擴散到腦到肺，想捐贈器官遺愛人間，卻無一堪用。他每天看起來都很好。央求我推輪椅帶他下樓抽菸放風，護士笑笑說，想做什麼就去做，他想要的話。他抽我的淡菸，有點不合重口味的他，他還是抽至菸屁股，星火燒凹了海綿濾嘴才丟棄。他很好，看起來沒事。陽光是冷的，隨即我推他上樓，趁著護士替父親換點滴瓶的空檔，我說，我撒謊下禮拜即將去新加坡參加研討會，有篇論文要發表。爸爸很好，笑著說快去啊！彷彿客機就等我一人，馬上就要起飛的連忙催促；護士說沒問題，應該沒問題。

行李箱淨是短衣短褲，空蕩蕩的，臺北的冷不適宜曼谷。

說謊讓我暫時離開動輒八九度低溫的盆地，日照數少得可憐的城市，按照L預期的計畫，如約進行。靠近赤道的熱帶國家，陽光充沛，坐在機艙望向綿密雲層和鹹蛋黃的太陽，我已經褪換冬天的衣物，準備三個半小時之後的夏季。穿越看不見的經緯線之後，曼谷的時間將遲緩臺灣一小時。這時差，讓我覺得安心，好像，就好像我擁有調整時間的權力，有些事允許倒退些，包含死亡的速度。

這裡的溫度高，事先預備的太陽眼鏡抗UV，金光鑠鑠的天使之城，目光所及鍍暖金屬。紅色的花的花瓣垂在圍牆，巴掌大的葉綠得油膩膩，計程車不再只有黃色，鮮粉紅、湖水綠、天空藍……各類顏色備齊，車頂缺頂「TAXI」帽，誰會知道那些色彩繽紛的四人座轎車是計程車。我們挑了輛 Hello Kitty 鍾愛的粉紅款，卡在下班回堵的車道，天黑得晚，依舊亮晃晃，沒戴安全帽的摩托車飆仔左彎右拐穿梭車縫，引擎排遣蓬鬆的廢氣，繞啊繞，從我視線隱沒。

瞬間置換的季節，計程車尚未統一鵝黃，無須戴安全帽的年代依序回來；或者，它們帶我回去從前的年代。

類似小學悠長窒悶的暑假。開發中的臺北。尚未抽長的我。

一切都很好，跳表由三十五泰銖啟程，前進四百公尺增加兩塊錢，這裡的幣值讓我感覺身攬萬貫家財，成為暴發戶。我莫名地想起一九六四年臺灣銀行發行的五十元紙鈔，紙質柔弱，邊角容易龜裂，上頭還有不知經轉幾百幾千次手的某人用原子筆寫下對於他者是天書的密碼；圖像是誰呢？需要挪抬尊稱的是蔣總統還是國父孫中山，忘了，手中的紙鈔皺巴巴的，雜貨店老闆看得懂就行。我慎重地點數百來張刮刮卡，選出最幸運的一張，耗費五元，得來一枚鵪鶉蛋。從前的夏天好熱，電風扇欲振乏力地驅趕不走低氣壓，洗淨的衣服飄啊飄，晚上便能收進來的季節。我像隻盡忠孵蛋的成熟禽鳥，握在沁汗的手心，睡前覆蓋對折的抹布於斑點縱橫的蛋殼，熱，使我浮想聯翩：裡頭發育的生命因為受不了高溫，逐漸衍生出喙嘴，啄碎殼面，降生為獅子座的鵪鶉。但沒有。天雨路滑，拇指大的蛋滾出我的保護範圍，破了，一灘黏稠的黑水。我在曼谷的計程車上拾獲可笑的童年記趣，童年是乾淨的。

窗外的柏油路隨時會融化，駕駛座車窗前的天空氤氳著熱氣，高聳的水泥塔、電視牆、T霸巨幅招商廣告，以及荒蕪的黃土地，疑似敷著一層淺淺的水，模糊了直挺的天際線與海報字體。混沌，不明，海市，蜃樓。如在夢中，夢是熱的，熱的夢是激情的，最終用百來餘泰銖告別跋涉萬里的粉紅色計程車，跟純真的時光機器說再見，不，是永別。

如果童年的記憶能夠具體化，這便是了。

我開始喜歡夏天，在這裡，北緯十三點七度的熱帶國家。

重回口腔期。臺灣禁止進口的紫紅色山竹疊成山丘貌，廉價得不得了，根本是破盤出清價，一斤十塊吧！狠狠買了十幾顆，沿著馬路嗑，雙掌捧著比棒球略小的山竹使勁壓，啪，果皮一分為二，裡頭的白色果實呈花瓣狀，我吃一瓣，L吃一瓣，短而遼闊的馬路能吃完兩三顆。並非情有獨鍾，而是懷念。華西街有間水果攤專賣山竹跟珍珠大小的翠玉葡萄，老闆娘隔幾分鐘就拿噴水器天降甘霖滋潤那些不常見的水果，果面凝結小小的水珠，彷彿剛從田園摘採回來的樣子。我的父母都愛吃。白色的果肉滑潤非常，甜，又不是耽溺的甜，帶點酸，所以買再多也填補不了胃。沒多久，山竹像是在臺灣做了傷天害理的勾當，被驅逐出境。究竟我是愛山竹呢，還是來不及真正記憶山竹的滋味？不可考。但我在盛產它的土地上，培養了山竹胃，將從前沒吃夠本的吃回來。

街邊攤販遺有古風——不太注重衛生的萬華夜市期——瓷碗瓷湯匙邊緣綻了縫，吃辣解熱故麵線湯的湯頭浮著紅豔的辣油，薄薄一層，油水分離，底下成圈的麵線與配料與碗底不規則的裂紋像被琥珀封存，乍看似骨董。然筷子一撈，紅油攀爬碗緣，我們吃得額頭冒汗，露天之下氣溫也有三十度，內外交相迫；味覺麻痺後，我已不知道吃的是什麼，但我記得它剛上桌白霧蒸騰的模樣，或許我們吃下的是記憶。

烤牛羊雞豬肉串，一串串游進咖哩醬汁，溼淋淋上岸，烤。座位是圓形摺疊桌，桌面除了衛生紙，沒別的調味料。一店兩賣，男的負責添炭顧火爐，女的遞MENU，變形蟲般的泰文和簡體字，招牌是泰式奶茶，大量的煉乳取代糖，糖沉杯底，吸管一攪動像打翻調色盤，甜膩的褐色糖漿。烤物以份計價，二十五元一份，共五串。餓死鬼投胎吧，當然也貪圖便宜，L和我瘋狂地吃，不枉被宰殺的牛羊雞豬的犧牲，齒縫殘留孜然粉。

L最愛香蕉煎餅。黑手臂白掌心的年輕男子，擀麵棍先左右攤平發酵麵團，然後，螺旋狀地拋上天，只見那麵皮越旋越薄，薄得能透過夜晚的霓虹燈。安全落地的麵皮一折再折，下油鍋，整桶奶油不吝嗇持續地挖，鮮黃色的奶油順著鍋邊緩慢融化，融化後全由麵皮吸收。我拒絕吃香蕉煎餅，即使L費盡唾沫星子解釋這是泰國平民小吃非吃不可……高油脂高熱量，對身為胖子的我而言太恐怖了！更遑論店家俐落切香蕉片，整根蕉不留空白的鋪排，煉乳阡陌縱橫地畫格子，焦脆餅皮對折收餡料，一份三十泰銖。L坐在帕彭夜市對街的商場階梯大口啃咬，發自內心讚美好好食。

夜深人不寐，這是座重口味的城市。

不辣不行。

不嗜甜不行。

不春光旖旎不行，你無法抗拒公然違法，這裡，北緯十三點七度沒有禁忌。

如果記憶有前進、中止、倒帶鍵，我願只重複這段落。

●

回國之後，安頓好父親的後事，夏天來了。

我的舌頭還對南洋料理藕斷絲連。

中和有條華新街是東南亞僑胞的聚集地，搭捷運至南勢角，信步直走，樓房依舊是衛星城鎮時期的老公寓，樓高不過三，戶接戶，矮得很可愛。過路人的膚色逐漸黝黑黑得發光，他們經過我身旁留下濃重的檀香味；說的話是一串生鏽古銅幣隨風響的鏗鏘，鼻腔共鳴出有稜角的語言。越往前走，赤道國家的人事物更明顯，無須遠渡重洋一條陸路直抵遠方的南方。臺北夏天的體質換作中醫病症是

「脾虛痰溼」，水腫型，老天爺的西北雨躊躇不落，汗是被「擰」出來的，空氣中又懸浮水粒子，盆地的夏季不乾不脆。相較曼谷，熱是熱，其中沒有多餘的水分使人疙瘩；雨是雨，一次性猛烈終結，不預留下半場的儲水量。雖然泰國接近赤道，它的爽利讓人不怎麼感覺炎熱，而臺北就是個悶燒鍋。短短路程，即使短衣短褲配人字夾腳拖，能露的都露了，還熱，西北雨進駐人體不成？汗代替遲到的雨，像穿剛脫完水的衣服。

閃進冷氣開放專賣「水貨」的雜貨店，門前花車站著僅包透明塑膠袋的CD，喇叭流瀉一地泰式情歌，奇怪，在異國我總問L：「他們聽得出歌是誰唱的嗎？」男是男、女是女，光憑耳朵聽，我懷疑男女歌手其實是同一人，同質性太高。幾個年紀大的阿伯站著讀過期的報紙，扭曲的文字爬藤似的一大張。那些難解的文字印在三罐五十的鐵罐椰子汁，酸辣醬和魚露，構圖直白的泡麵（圖為：捲起的紅舌尖，以及一碗火紅色的什麼）……舉目可及的什物突然熟悉萬分。進來與出去便是兩個國度。買完食譜介紹的原料，離開，就算你的左腳不走，右腳也會往前，剎時回到亞熱帶。

這頓飯原本只邀約L一人，他擔心場面尷尬，家裡的外婆媽媽阿姨眾女性難道不會起疑？他提問他拒絕。遂邀請住不遠處的大學摯友穎及其室友魚目混珠，L的獨特性漂淡了，才答應。

早晨上市場採買活跳跳的魚蝦。

下午熬煮三小時的泰式酸辣湯。醬先下，陪同入鍋的尚有洋蔥及蔥蒜當基底，泰國蝦上桌時搶鮮最後放。我把廚房充當實驗室，邊看螢幕食譜指示，邊嚐味道。可以，轉戰大同電鍋裡的短糯米，待開關彈跳，讓蒸汽蒙個幾分鐘，掀蓋整包椰奶粉鋪勻，飯勺得趁著餘溫攪拌，根據網友說法是：「每一顆米粒必須吸收椰奶的精華。」於是我順時針又逆時針撥動整鍋飯，直至濃稠為止。開飯時間到，兩男兩女全是白老鼠，面對一鍋血紅色的湯，L說：「跟在泰國喝的好像！」

好像並不是一樣，僅是接近，本質仍不同。

飯後甜點是芒果糯米，芒果是愛文種，冰涼擱在冷飯上。在曼谷的七天，我天天吃，深深佩服發明這道菜的人居然會將米飯和水果聯姻，滋味甜中帶鹹。可惜見底的湯無法再容納難消化的糯米，況且不知哪道環節失誤，整鍋糯米發揮「團結」之精神，很難拆散它們，索性單吃芒果。我綜合各門派食譜指令動作，沒有錯哇！一是一二是二，順序無誤。我開始回想記憶中的畫面：一片桃葉一團糯米，買時米飯滑進保麗龍盒，零摩擦力，咚，填滿盒子成為盒子的形狀；面無情緒的女頭家拿鐮刀對付大尺寸芒果，一片片乖巧閨女似的列隊進轎。外帶。

她們掃過賓客打招呼，隨即出門兩小時，說自己在旁邊做什麼都不自在。宴終，消失的家族女性紛紛返家。事後她們口徑一致，話題竟然全聚焦L，盛讚他的種種優點，我沒看見的她們替我一件件發掘，結論是：誰嫁給他就賺到囉！我暗自忖度，如果那個賺到的人是我，你們會開心嗎？

同時記憶彈出視窗告訴我，是油，渾圓飽滿的米吃飽了油！

如果記憶是繁複相通的甬道，因油，因由沒藉口阻斷敘事進行。

●

泰國的月亮是熱的。鎮日的熱，在在是體感溫度允許的範圍，久了，體內七十%的水分也蒸發大半。

作為旅程，無一處不新鮮。例如便利商店裡販賣易開罐燕窩，二十五泰銖，各家廠牌齊備，行伍霸占整牆冰箱；光挑飲料，「站」去半小時，彷彿動了開眼頭手術視線超廣角——眼界大開。例如簇新的百貨商場彼此門通門，怕熱的遊客進去便有惰性，涼啊！從一樓逛到頂樓，再越門從頂樓逛到一樓⋯⋯

如是反覆。夜市殺價殺來的仿名牌橡膠拖鞋，鞋底耐不住折磨，露餡，證明它只是贗品：腳跟處深深凹陷，離鞋底差零點幾釐米距離的泡棉。得過鐵人三項的冠軍到此地，很難不舉手向評判提建議，能不能休息一下。於是我們走走停停，停停復走走，肉做的腿逐漸鈣化，大腦下達抬腿信息，膝蓋都遲疑半秒。真的非走不可嗎？

L利用接家教的費用，偶爾奢華去腳底按摩，指名連鎖店，下放扁平的足，任由師傅整治。相較臺北重門面的精雕細琢，曼谷隨興至極。沿途盡是塑膠椅子擺塵煙滾滾馬路邊，一盆洗腳水，一塊布，紙板寫著工整的英文印刷體及價碼，平日羞於見客的腳底板，無論你何種膚色，腳掌通通白，種族的問題在足下獲得全面的勝利，八十解決！

水門市場自由行，自由到腳已毫無知覺，只曉得走，走，走，繼續走。暗夜的街道人潮擁擠依舊，高級地段總在十字路口，隨機挑選有路就走，越往前，路燈間距更遠，光線杳杳行人徒剩陰影，荒敗的樓房，不透明玻璃門，招牌點綴閃閃爍的LED燈，看門的男女逕自彎過你的手，不怎麼道地的泰式國語單字：來，舒服，便宜，美女，帥哥。人生走到盡頭，景象是否必然如此，難堪？

我們徘徊復徘徊，剛拉過客的男女好眼力，不特別起身狎暱招呼，抽自己的菸，看著你，看你願意打開哪扇門。最後我們挑間透明落地窗的，裡頭躺著個金髮藍眼睛洋妞正由阿桑掄腳底穴道，門前立張泰英文價目表，服務招牌第一條：Oil Massage 399。L知道我出過車禍，蹠骨沒接好，異鄉客有個意外上哪求救。油壓就油壓吧！出發前討論「玩」就是「玩」，注射心理免疫針，目標鎖定NANA區幾間專門經營同志客層的按摩店，日子不在今天不在這一店。我們毫無防備推門入，門鈴叮啷啷，指點Oil Massage沒廢話，布幕深處馬上閃現兩個身材薄瘦年輕人，短髮、大眼、臉型深邃，迎著我們拾階登高上二樓，壁燈燭光黯淡，冷氣轟隆隆盡力經營春天的溫度。整層樓有床五或六張，空的，類似生意冷淡的西醫病房。

其中一個領我到這床，拉攏布簾時他比手畫腳，意思是脫光，他說 all，所有，一絲不掛的赤裸，衣物擱在床底的藤籃，然後他說 wait。L應當也被下達同樣指示吧。他和我中間空了張床，兩個男人低呢交談什麼，細瑣瑣的，在商量誰負責誰吧。

屬於我的師傅掀起布簾扣合的一小角，俐落扭身進，他的手掌翻又覆暗示我趴臥。床頭鑿了能埋人臉大的洞，我看見床底下那些原本依附身體的我的衣服，它們凌亂交纏於籃裡，衣非衣，褲非褲，狀似手藝欠佳的麻花捲。溫熱的手掌溼滑的液體降落我的頸骨，劃開，順著肩骨敷勻香精，再撥開緊繃的背脊肉，左右重壓，一次兩次三次，他問OK，我回OK，我猜他詢問的是力道可以嗎。他的手溫明顯升高，他拉扯我的上臂、關節、下臂，一隻隻手指溫柔扭轉，然後，順勢將我的手掌服貼他的慢跑褲，裡頭的陽具堅挺勃發，他領著我的食指畫出充血海綿體的輪廓，完整的性器摸索學。我抽回了手。他不以為忤進行下半身的動作，更多油膩的香精擠壓於人類由猿進化後消失的尾巴——尾骨——營造一窟性的池塘。掬一捧，撫摸我的臀部，畫同心圓；再掬一捧，大腿溼潤了，陌生的手挑起內側的神經，顫抖，他找到了準確的穴道，大拇指拈點敏感的筋絡，點點串成線後，來回刺激，停在鼠蹊處挖，挖掏我壓抑的呻吟。往下往下，他飽滿的陽具擦過每吋光滑的肌膚，小腿肚、腳掌、腳趾頭，讓我知道他的意圖，當我高舉傾斜的腳底板作溜滑梯，磨蹭著，意圖點燃情慾的火種，摩擦生熱，好熱。陌生的手流利地抬起我的腰，自動翻正面，伺機深呼吸換氣。我彷彿置身游泳池，戴著黑色蛙鏡，世界是無顏色的，掌控我身體的熱帶男子面目模糊，是由許多塊黑白灰陰影組合的拼圖；他站在我腦後伸出油亮亮的手掌，滴落黑色的汁液，在我乳頭暈開，依照肌肉紋理瞬間沖刷一道直抵腰際的水路。我幻想我是一座游泳池。泳客悠哉經過我，自由式的推，蛙式的撥，撥弄我粉紅色的葡萄，葡萄快速成熟，轉紅。這具被烈日晒癟的身軀膨脹了起來，如乾貨浸水，回復原貌。我知道不能要，我不知道為什麼不能要，我們的年代沒有聖人。身體難得配合理智，縱使他竭盡所能誘惑，我沒有勃起，雖然我嘗試昂首，依舊，依舊如未發泡的海參。

單純的性，缺乏愛的前戲，漣漪難以製造高潮。

師傅該做的都做了，既不氣餒也無憤慨，平靜說了句 shower。

我在浴室反覆按壓瓶蓋，滿滿的潔白的沐浴乳，洗去被他人碰觸過的身體以及他殘留下來的黏液。渾身開滿白色的花不算乾淨，水流攜走泡沫，捲進排水孔；再賦予身體一次花季。蓮蓬頭噴射最熱最強勁的水柱，如果可以，我願將皮膚底下的臟器同時清洗乾淨。

洗好澡，等。穿回衣物，等。坐在木椅子，等。看適才的按摩師傅抱著嬰兒輕聲哼唱輕輕的曲調，等。喝沒味道的茶等等，等。

L晚遲我半小時才下樓。

不知道為什麼，我突然覺得和他之間存在斷層，在我不在的隔間裡、在晚來的半小時裡，其實芮氏規模八的地震已然發生，我們通聯的路徑有了曲折。

如果記憶是病體，能否割除這顆意外的瘤？

●

記憶儲存於大腦，腦內線路糾纏，無限的容量。一事件一資料夾，事件的其餘相關細節另闢資料夾，細節之中的細節則須再新增資料夾，末節之後仍有末節。記憶被存檔，一旦試圖回憶，影像紛紛投影，像複眼，像多層玲瓏塔，像多窗格監視畫面同步進行。

而記憶最特殊之處在於，痛的片段遠比快樂多，且深刻。

快樂的記憶總是短促，場景總發生在童年。

於是記憶是需要保持距離的。於是快樂的記憶是涼爽的。

我痛惡夏天，夏天讓我過敏起紅斑。洗完澡後，必定「烘」那塊揭竿起義搞建國獨立的疹子，我一直熏著，痛或者癢到極致，神經會刺激大腦受器，轉化無法承受的知覺。我享受著這種愉悅，但又想起北緯十三點七度的所有，包含甜蜜的以及至今無法消化的苦澀。

半年內去兩次泰國，由臺灣的夏季抵達泰國的夏季，同樣的路徑，同樣的目的地，感覺，似乎沒第一次探險般的喜悅。同樣盛產的山竹、同樣辣舌的麵線、同樣的燒物、同樣的香蕉煎餅、同樣的芒果糯米、同樣的泰式酸辣湯，卻沒初次相遇的雀躍驚奇。它們的滋味依舊，變得是我對無法釋懷的記憶：勤勞勾針織妥的毛線衣尺寸、領袖口及其上豔麗的紋路全部無誤，審視時卻發現胸口位置破綻一洞口，為了彌補疏忽的過錯，解開死結，無止無盡地抽出滿地棉繩，精心設計的圖案消失，袖子消失，抽，直到抵達錯誤的所在，重頭來過。

水門市場，旅程最終日，L耿懷於心自己的「外遇」，要是當初我們在各自的隔間被撩撥爾後身體任由按摩師控制，在相同的時空、地點我們一起犯錯，是否他不會歉疚，我不會設想諸種不在場的可能想像？手機對時，兩個鐘頭後此地碰面。他說他要去逛水門市場——臺灣的五分埔——挑衣服，我則走過巨大潔亮的展示櫥窗，兩個我相偕步行至NANA站，紅燈區，重複L的錯，如此我們都有了愧疚對方的罪惡感，負負得正（吧）。

午後三點按摩店拉起鐵門營業，我是第一位客人。老闆精通五國語言，和我黏在沙發咬耳朵，細數面對我們正襟危坐的十數個穿白衣男的優缺點。是，我在買春。在空調極強、燈光微弱的大廳挑揀理想對象，暫時忘記門外的炎夏，這兒專賣春天。

我選的春天面目模糊。占據我生命一個半小時的人，他掉了五官，我只記得老闆說這是大學生，會講國語。他先我後地上樓，開放式的淋浴間，牆壁種了花灑，他替我褪掉衣褲，旋開水龍頭試探水溫，水是溫的，水流經我起伏的身體，搓揉出朵朵泡沫的沐浴球，他泰式國語：「北鼽」，我背對他，他輕柔地摩挲我此生無法以眼睛注視的另一半身體，力道簡直在修復古蹟或者對待一個嬰兒似的慎重，然過程毫不扭捏。（時間二〇一三年一月三十一日午後。地點安寧病房。志工和我攙扶瘦成皮包骨的爸爸進浴室洗澡。人躺在一張海綿床，機器緩緩下降特大號浴缸，沉到底，單單露出一顆頭。爸爸說，好舒服。我和女志工負責拿沐浴球「刮」掉類似橡皮擦屑的角質，脖子、四肢、軀幹，甚且連性器也全權交由我清理。滿水池的泡泡啊！父親乾乾淨淨，香，他以芬芳的味道與無垢的臉龐，於十二天後離世，這是他人生最後的奢華享受。）他領我進水泥蜂巢，開啟冷氣，赤條條的兩具身體打哆嗦，「湯蝦」他說。他專心致志地按摩，新手上路般的點擊剛學習的穴位，我看不見他的臉。（我看不見L的臉，床與電子琴的擺設關係，他始終背對著我手指飛快地親吻黑白鍵，主旋律搭配和弦，我的耳朵流進幾百年前的古典樂。天熱時，他光著上身彈，我從背後注視他手臂牽扯整副身軀的筋與肉。）結束背部，轉正面。昏暗視線中，他問：「美穩踢？」他指著我車禍遺留的疤痕，我說OK。天花板是片鏡子，我看見我，原來他從那時便掉了五官。他小心翼翼地撫摸我復原的舊傷口。（二〇一二年十一月二十七日，下午兩點〇四建立。日記：人只有在有缺憾的時候，才會想找出少掉的那部分的自己，而那往往是把自己扔擲到最孤獨的境地。我是在洗澡時發現自己的。坐在木板凳上，舀起熱水，小心不讓水流流經敷藥的腳背。洗髮精慢慢在溼溽的髮叢裡摩搓出泡沫，扁平的後腦勺，兩個髮漩，指頭按壓過頭皮，仔仔細細；打出纍纍泡泡的沐浴球，轉圈的姿勢，在每個產生皺摺的關節耐心停留，它洗清腰側內的一顆痣，胸前不知何時印下的紅胎記，以及脖間左方的贅疣。我感到驚訝，好像我不是我，我對世界的認知過於慷慨對自己則一無知悉，它們是如何拼湊成我的呢？）

我望著天花板的鏡子裡的我，覺得既興奮又不潔。興奮是因我將那人的臉想像是L；不潔是因我的理智提醒我其實他不是L。

事後，坐在百貨公司廳堂麂皮沙發發呆的L，顯然等了一陣子，手機沒電，怕我找不著他就坐著等。期間他索性參觀LV專賣店，難得客人登門，推銷員遞茶、聊天，明曉得這客人不會帶走架子擺放的物品，還是起勁跟L用英文瞎聊。這些是L告訴我的，我遲到時他獨自進行的點點滴滴。

終究，他問我有什麼感覺？

我淡然應答：「不好——玩。」洗完澡的身體依然沁汗，這是熱日。

●

多少次驚蟄過去，同一條蟲應該對驚醒牠的雷聲或，熱，習以為常了吧？

一條暴雨後鑽出土表的蚯蚓，雌雄同體，根本分辨不出性別。牠蠕動，彈簧般的體節恰似心電圖，在泥濘不堪的黃褐色的溼地作畫，淡淡的波紋；是頭還是尾呢，牠們各自擁有意志，牠要往東，牠要躲回陰暗的地底，看起來彷彿在對峙。自然課本裡解釋蚯蚓天性負趨光，所以試圖鑽進原先洞窟的是頭囉！頭才有思考的權利；課本也說此蟲從中截斷後，會重新長出遺失的部分。小時的我疑惑，沒腦袋的那截尾不是笨得不得了，課本沒說須耗費多久時間牠會長出原本欠缺的節環。課本提供淺薄的知識，告訴我們這批不滿十歲的孩子世界上有種奇妙的生物，好像永遠不會死亡，老師和藹親切地吩咐大家下堂課記得帶刀片，實事求是地去證明白紙黑字的科學常識。

國立編譯館的年代，全臺灣的學生有志一同地在某個時間點養蠶寶寶、拔酢醬草、尋覓操場邊緣的小洞灌水進去逼出蚱蜢，還有蚯蚓課程。按照時令，小小的島國三十幾萬小小的孩子，一起做同件事。於是養蠶時桑樹成了光頭，翠綠的田園成了鬼剃頭，蚱蜢彈跳得太快不知所蹤。

我們好奇的開始，無情的結束：紙盒內結繭中和羽化的蠶看一眼，就扔進垃圾桶，課本說的沒錯；酢漿草的確存在一條富有彈性且透明的莖，拔光後不多時，又冒出新子孫；圈著說是蚱蜢糞便的洞口，灌水之後真的牠住在這，至於牠離開之後去哪，沒人告訴我們。現在回想，那畫面真像大屠殺，如果蟲草進化，會不會增列趨吉避凶的能力？

蚯蚓被我，以及同年齡的孩子興奮地砍成兩截，居然沒血，成為「複數」的牠們扭曲、掙扎、爬行，維持蚯蚓的天性，絲毫不覺得牠們會痛。夏天的西北雨說落就落，黃豆大的雨珠敲響廊道的遮光板，那些首尾分離的蚯蚓，是否真的會長出被截去的上半身或下半身，是否，還活著？

L，原來我們是被截斷的蚯蚓，多少年了你新增不見的我的部分了嗎？我總是透過自己經歷，來替那明顯是錯誤的抉擇下安心的註解：當你躺在按摩床上時，模糊的人影，你想像的是我。

這是我新生的關於你的部分，導致我發癢的過敏原。

我這骯髒的身體洗不乾淨

迷宮的目的看起來是要人鬼打牆，在刻意經營的絕處後，回頭，繼續碰壁，無數次帶著期待的挫敗，終會找到一個光亮明煌的出口。人生也是個迷宮。龐然、綿密、迂迴，規模約莫像放大百倍的地底蟻穴，只是，只是年紀越大，挫敗裡不再存有期待因子，每個黃昏都像世界末日；可惜的也正是：昨天的黃昏帶來今天的白晝，沒有螢光綠的逃生指示牌，往前走，走一條連自己都不知所以的路。

這種感覺具體形容是：行屍走肉。

我親身的感受是：不知道。

不知道自身之外的那些正在發生且足以被寫進歷史的抗議事件，不知道該拐彎或者直行的岔路，不知道晚餐應當吃飯麵冬粉，不知道關渡山上的教務處來函告知學年已滿同學你要不要畢業還是退學？「不知道」並非無法理解，而是這些或大或小的呼應，與我有隔。

有個老師（不是那種上師、精神領袖）告訴我花精療法。她是校長的祕書，辦公室能眺望一整片清晰透澈的關渡平原，夾在一樓和二樓的樓梯走道，必須往深處走，小小的門牌、小小門，她人也長得小小的。她負責替我延展因憂鬱症而缺曠的日子，不算數，你可以從頭再來，把該修的學分像農夫在田園豐收的季節，去將土裡的蘿蔔一根根拔出，這樣就行。更多時間，她會跟我閒聊，聊癌症曾爆發的困頓。

手機螢幕的照片：「你看這是誰？是我！」

截然不同的兩張臉，年輕時是歐巴桑，透露無望的神色。「現在你看我，氣色、年齡是不是有差？差很多對不對？」這是肯定句。我目視屬於她的空間，某位活佛的玉照、鮮豔的彩旗、堆灰的檀香盤，空氣流動香氣，幾株幾盆綠色植栽沿著窗戶下的水泥牆兀自綠著。她說，說這裡原本磁場很不好，經過巧手變動桌椅和擺設，活過來了。她就是復活的代言人。

接著捧出木製箱子，要我也活過來。

「什麼老師說的什麼話聽聽就好，你知道在幹麼就好，不過我看你精神啦、狀態啦非常、非常不好。」靈視的眼穿透我的身體，勝過X光檢測儀，她要我看箱裡的實驗瓶，總共百來支，神仙丹藥在此，耗費許多精力才收集整套的花精。一九三六年英國的巴赫發現三十八種植物單方，取之自然無毒無害，抽塔羅牌似的指認吸引我的花朵，先是主基調一張，佐以六張輔助，根本是命盤！岩薔薇、史開蘭、石南、水紫、甜栗子、鐵線蓮，唉唷！你很孤獨喔。她說。清洗完藍色空瓶，裡頭盛著飲用水，她依序取出試瓶，宛如採蜜中蝴蝶的口器，萃取透明的液體注入剛才的水中，一瓶接著一瓶。虔誠的模樣很莊嚴，就怕比例失衡下秒就要爆炸那樣謹慎。標籤寫上我的名字及時間，囑咐加在每天要喝的水裡，一滴就好，即使我喝汽油桶尺寸的礦泉水也沒差，物質不滅，她說，慢慢改變孤獨的習慣，喝完再來。

有陣子確實覺得傷口正在癒合，該上的課去上，往返市區和山間學校的捷運車廂，永遠塞爆要去終點站淡水的家人、情侶，親暱、曖昧、和藹、耳鬢廝磨，粉紅色的香氣瀰漫我的鼻腔。我好羨慕他們。如果也能分享些許的甜蜜，我那該死的自暴自棄會不會稀釋一點？逐漸的，這趟耗時將近一小時的路程，令人疲憊，我根本不知道在開著空調、稀落的學生及教授的水泥課室，能學習到排遣屬於自己憂傷的捷徑嗎？潔淨？我覺得我好髒。附著在皮囊底層的汙穢，如何也沖洗不掉，要是用沐浴乳或肥皂就可以隨蓮蓬頭的熱水驅趕渾身汗，人生可能會很簡單。

人生不像它的總筆畫輕易，寫壞的命滿街是，然我依舊自私我的憂鬱。

曝光的同性戀，早夭的愛情。

被寫死的命運沒有修改、重來的可能，我在原地打轉，一枚堅毅的陀螺，拋離試圖接近的善意，醞釀最清晰的颱風眼，準備登自己的陸。抱歉歸還我兩年學籍的學校，我還沒痊癒，恢復到像是尚未崩毀前的意志，已經流逝的時間在我發福的身軀、眼尾的皺紋留下證據，正如同年輪於樹的意義，內在的某些事情不能就此一乾二淨。

抱歉了花精，帶著空瓶我回到夾在樓與樓之間的辦公室，木門緊閉，門牌撤除，那個曾經迸發一絲光明的所在，如今陰冷森森，想必她另覓空間，再次淨化、經營磁場了吧？抑或者，根本不存在這麼一號人物，無標示樓層，這是個迷宮。

犯罪的人急欲懺悔，告解室卻緘默無聲。

我想告解，我想說，洩洪整身瘀血。

L提出分手後建議「分開旅行」，二〇一四年七月十一日我們去了東京，陌生的語言、簇新的城市，落腳情色重災區的歌舞伎町。旅館位於正中心，哪個象限、哪條巷路皆站著穿黑西裝的年輕男子，手執傳單，一頭染得金光閃閃的中長髮，逢人便笑，聽不懂的文字裡或許夾雜促狹的黃色笑話吧，否則沒理由搭訕失敗還能笑成那德性。我們只是普通朋友，他說。我不敢相信這話的純度，準確的說：鬼才信！

正因為我太相信我的不相信，L又帶我走進另個迷宮。

寸土寸金的東京旅店極小，雙人床，攤開行李箱都艱難。我們彷彿沒事的戀人，洗澡前褪盡衣物，他的、我的，看得清清楚楚。往昔的就寢儀式全沒變，他選擇靠牆的那側睡，兩個人穿著睡衣四角褲。沒有性愛。但有吻。吻後的他忽然狂笑，控制情緒的腺體失靈，笑笑笑，要我幫忙拔他的白頭髮。只因我買了手機吊飾，線粗洞小，鑽研半天仍然徒勞。「你就用我的白頭髮綁在繩子，這樣就可以穿過去啦！」一頭顱枕在我大腿，兩隻手在髮叢間撥來翻去，活像動物頻道中替同伴抓蝨子的獼猴。沒有聯絡的時日，他每週回臺中榮總報到，「矯正性別」，順便領藥。L剛吞的藥丸快速的崩解，化為肉眼無法辨識的微顆粒，流進每條血管，隨著每次心臟的跳動，擴散全身。

資深病人該怎麼安慰他呢？

一旦你相信這是病，就離健康越遠。

頓時，我深深深深感到歉疚，是我把你推進深淵，抱歉。

L清醒時毫無異狀，乖乖牌一個，只是他會慫恿我開啟交友軟體，小方格裡的大頭照標註距離幾公尺，能自曝的身分及喜好、大小、偏愛類型……條列式鋪陳開來。你挑一個來約炮啊！他既興奮又真心的表情使人慚愧，彷彿非得透過另個肉體堅硬的陽具進入我，我才會獲得生機，重新再來。

他曾經是那樣貪戀著我的身體，探勘新大陸般在我曲折的腸徑刺碰連我都不知曉的器官，像永恆的CPR橡膠玩偶安妮任人觸摸、練習，我們在需索間用短暫的溫存經驗一次次的小死亡。在此之前，我多麼厭惡做愛，愛能做出來嗎？我的入口平常是排泄物的出口，被戲稱貌似菊花的地方，造人的神設計於無人可見、甚至連自己也看不著的最最私密處，幽暗的收束著。直到黏稠的液體一隻、兩隻指頭撐開，習慣綻放和疼痛，暫且忘記人類賦予它的生理意義，不會有胚胎著床，撕裂再撕裂，完事後蹲坐馬桶流瀉涓白的愛液，如萬里晴空中的卷雲，漂浮惡水。

這是愛液，亦是愛意：用愛來包容痛。

倘若別人能進入我，是否就能不愛，或者不那麼愛呢？

幾天下來，交友軟體確實絡繹不絕，叮咚叮咚，敲響門鈴，哈囉有人在家嗎約不約？約！我想讓L放心，假使，這是一種分開最實際的方式，痛的時間會短一些。於是趁著L和星散東京的朋友見面空檔，逼仄的房裡多了個矮壯的男人。打開國興衛視或緯來日本臺一串嘩啦啦的日文鏗鏘落滿地，除去基本詞彙，肢體語言超越種族和語言，這是性，不是愛。單一的體位，我要看見陌生人清晰的臉，記得這倒楣鬼毫不知情實踐一對情侶真正分別的臉；緩慢且悠長，請快一點，我只是想告訴L我默默執行了他渴望我做的事，用聲帶摩擦出無害的字句，故事說得輕盈。小熊先生悶出渾身汗，竭盡所能的衝刺，緊皺的眉間隆起山丘，也是很認真啊！

堅持某種邪惡的念頭，比做上萬次公益的效果更立竿顯影。

門鎖被打開了，門鏈維持扇狀的視線，他在走廊用中文頻說對不起，隨即關門，竟然沒有任何聲響地闔起。L看見的是賣力的小熊先生，還是姿勢像極待產孕婦的我呢？或者局部？同時一句無須翻譯的言語撞擊四面牆，迴響著：「いく！」雙音節十八禁詞彙，平常僅限於電腦螢幕男優的口形透過耳塞式耳機放大臨界的騷動，伊苦伊苦。腦袋空白得徹底，完事小熊穿回衣物，他是人不是動物，剛剛的賣力演出已經結束，我卻在L眼前活活變成一部沒有攝錄的情色影片。

L很久之後才回房，我也變成一個人的模樣。

並腳坐於床沿，床單沒有皺摺、物事收拾妥當，沒事一樣，但我覺得自己非常骯髒。像個做錯事等待受罰的小學生，準備迎接責罵跟藤條，他心情卻如啄到善心人士潑灑玉米粒的鴿子般喜悅，一直一直地逼問我：「感覺怎麼樣？」就你看見的那樣，可，L沒說匆匆瞥見的畫面帶給他怎樣的感觸。他卸下很沉重的石頭，石頭是我，薛西弗斯也將是我，注定琢磨他終究沒說出口的形容。

花精可以治癒這類傷口嗎？已經沒人可以回答我。

站在門外，遭緊閉的木門封鎖，連神都會厭棄的我，只想待在家裡當個沒有用的人。不，連人都稱不上的廢物，進入很長很長的睡眠，跟世界保持很遠很遠的距離，捨棄需要的人際應酬、不需要的寒暄問候，孤立成警戒區。甚至「寫」這件事都能放棄，沒有謄錄便不用再三回憶，把自己擲回事故場景，搜索遺漏的細節。

寫下來的縱使很真心，都能變成利器，L不正是因此被他母親發現的嗎？

坐在修繕得「像」古蹟的剝皮寮，我哭得比父親遺體火化時更誠心，路過的人應當覺得在我之外安藏一架攝影機，這是場哭戲，沒人甘心剝蝕最赤裸的一面公諸於世，尤其是男人嚎啕大哭。突兀也好，我頓時發覺行乞的流浪漢獲得一枚錢幣的喜悅。L要我等，等他服完兵役，考過托福進入理想的音樂學院……安排仔細的未來行程美得很規矩，美得必然會發生，「送機的時候你一定要來」他怎能笑著說？

之後的之後，推石頭的薛西弗斯心中埋伏沐浴春光的種籽。

後來的後來，L離我越來越遠，隔著3C用品窺探他的行蹤。先是照片出現豐盛的義大利麵，從一盤變成兩盤，啤酒、蛋糕、咖啡也是，每日記食。他生活過得不錯，我應該高興。他退伍了遲遲沒有搭著飛機去歐洲習鋼琴，等不到送機的我，寫這封簡訊問他感情狀態。

「是。一個普通人」沒有句號，冷冰冰的答覆。

普通人，這三個字讓我問遍所有人。什麼意思？我長得很普通，路上一抓一大把的大眾臉；我有點胖，現在三高年輕化誰沒堆積腰間肉？身高正常、學經歷正常，普通人到底、到底是怎樣的人呢？範圍圈縮小再縮小，除了「寫」，這事比較非主流外，想破頭也撈不出渣滓殘末。

那天晚上懷胎三年多的異種總算分娩，是團空氣，什麼都沒有，但會痛。

隔天我便決定報復他，用他三年前希望的方式，弄髒自己。

再走進一間迷宮。一面牆兩排花灑，方正的磨石子浴池水不太熱，兩顆上年紀的頭顱浮出水面，骨碌碌的金剛目鎖定每副光溜溜的男體。高矮胖瘦集體全裸，唯一牽掛在身的就是置放衣櫃的鑰匙，每個人都在尋覓契合的鎖。不開燈的房，老歌電子舞曲，隱身平凡樓房裡的三溫暖有點淒涼。我想會走進這裡的人，都遺失了部分的自己，如我。要說是瀏覽活生生的肉體而沒有一點動心是謊話，但更接近的情緒是好奇。那些他有我有的器官，變得與眾不同。

閃進蒸氣室，格局特小，塞五六人就會窒息。我坐著流汗，身體裡無法排出的水，包含眼淚，就由毛細孔開大嘴巴兌氣呼吸。微光照不清五官，只有輪廓，簽字筆在白紙上青菜素描的形貌，勾勒出肌肉和脂肪的不同。我不敢伸出手觸摸空洞的線條，即使已經有許多手掌許多唇在攻城掠地，多我一人也無妨，但我不敢。倒是腆著個肚腩的男人握持我的手往他勃發的性器圈住，他說「幫我」，語氣裡有種慘敗之後的憐憫，拜託拜託。英國小品電影《洞裡春光》裡的歐巴桑maggie，為籌措孫子急症金，但誰會雇用老阿媽？她來到倫敦情色區應徵，全套肯定乏人問津，不如隔著門板，替資金不足又想一瀉千里的慾男手淫。手技絕佳使她聲名大噪，洞前人滿為患，誰會知道板子後頭是個一腳已經踩進棺材的老太婆。她從厭惡到理解，甚至「接客」接到手抽筋，她從事的是人性最重要卻又被道德禁止的大事。而我，銜命幫忙時，腦海裡飄出這段電影畫面，用許久不曾打字的手去挑逗抽送急欲噴發的火山。

濃稠的液體濺滿肚腹，無影人說了說謝謝，拍肩，離開。

我出去把自己再次清洗，用廉價洗髮精、沐浴乳重新洗淨。

原先掛著浴巾失蹤，隨手偷了件鵝黃色的潦草披掛，圍著它的上個人是誰呢乾不乾淨？遲早會髒的，又何必殺死腦細胞去編織人物？不熟悉綁法的我，浴巾要掉不掉，得一隻手抓住才不至於邊走邊曝光，那跟一個決心成為婊子的人有什麼不同？

從有光過渡無光，往黝黑的二樓上去，瞳孔收縮，全毛了邊。暗房很暗，走在黏答答的地板腳掌啪嗒響，H形的隔間和學生套房差不多，照著走廊兩側極盡所能地善用空間，足夠兩人取暖的大小，一間兩間三間……夜太黑，你會喪失方向感，撞上一團肉，抱歉抱歉，對方無所謂回應That's OK。好國際化的黑暗，在此，我擺脫我，我不過是影子，融進更深沉的底色。

史前無火時代，退化至猿人生活，遮蔽的衣物過於豪奢，已然消失的捲尾以另種樣貌現身。

我罪惡的手，用鍵盤敲擊傷害他人的指頭，成為摸索肉體前進的探測器。手指的命運遭壓抑噤聲，它觸摸人體零件——髮臉肩肘胸腹臀，捲曲的短毛，蒟蒻般的海綿體或與之相反的狀態——多像啊，某個深夜經過垃圾場，塑膠模特兒拆卸過後，比太陽馬戲團還軟Q的反人體工學姿勢，棄置一株小葉欖仁下。可能、或許、應該，倉鼠徒勞奔跑滾輪，迷宮中的反覆來回，是同一人吧？是不同人的局部器官吧？

一條充斥悶哼喘息、漁港腥氣的廊道，從這頭可以看見微光的那頭，剩下門框的形狀，大概也就十幾步的距離。而這中間更黑更令人目盲。剛踏入，陌生的手掌大面積的來「度量」我，秤一秤胸和屁股，有種黃昏市場攤販洗刷著油膩的攤位，不忘掂起即將逾期的帶皮豬肉的，青菜。顯然我是非主流中的非主流，客人摸摸碰碰收回手，無奈往前用這副身軀繼續推銷。忽然，下體溫溫熱熱的，是嘴（是嘴吧？），潮溼地包裹著我。我想他是跪著或坐著的，在雜沓的黑暗裡盛接無數連是圓是扁都不明白的「路人」的性器。周遭盡是混濁的喘氣，像漫畫的對話雲，一朵一朵漫漶至頁緣的擁擠；其中沒有推進情節的對白，僅是串高低音，無法省略的刪節號裡蘊含飽滿的情緒。人擠著人，小路壅塞行路難。

有的人手牽著手走出去，出口的細光替他們加冕。

我退到牆角，閉眼睛，伸手感知每具發熱的肉體，像個滿嘴天機逢人不由分說先摸再說的摸骨神算，然自己的命都撲朔迷離。我只是個髒東西。中元普渡看不見的好兄弟搶食盛況，差不多就是這樣了吧？能當菩薩，誰要當鬼？

適應比凌晨夜色還濃的黑後，掩藏的本能被喚醒，夜行性動物趨向獵物。一個站立入口（還是出口）的男子，坦誠的大字展開，幾滴不慎墜落宣紙的黑團，分食著的他。他是偉岸與驕傲的存在，如此清晰，無聲吶喊快來快來。白麝香勾起渴望，我要我要，換他拒絕，撢掉灰塵般，咻咻趕走黑影。我非常豔羨他，他同時能要也可不要，沒有分毫的情感留戀，僅僅是證明「身價」，激昂如戰勝的公雞走出去。如果我是他，不愛症能否被治癒，也，走出去？

多少次淺眠驚醒，夢比現實殘酷清楚。L進入一個無臉人，激越賁張，必然有愛的因子在流竄。我頹敗地觀賞他從事的喜悅。甚且猥瑣地暗暗祈求，再一次就好，我想記得你爬行在我身上的每種表情。然後，將夢明示的絕望拖向生活，想：替代我位置的人，你長怎樣呢？

最後我步出凝滯不前的隧道，躲進以布簾為門的小房間，榻榻米有點扎腳，枕頭仍有餘溫。

頭頂的空調轟隆隆，我數著蜂巢似的葉片，邊撫摸自己：肥肉、肌膚、贅疣，該是自己的卻遲晚才發現的這些那些，竟然好陌生。簾外與我無涉的激情好遠，再努力說服身體，它依然沉默，拒絕大腦的指令宣布獨立。我想起L的臉，忽遠忽近，他帶走的是比性更高貴純潔的東西，而，性是直接的反饋。我有感覺，感覺「性愛」不是拆解還可做同樣解讀的意義，感覺還在。直到布幕被扯開，一句不誠懇的話流淌進耳：

「對不起，原來有人。」

簾子再次還我黑暗，那話熾燄地灼傷我。

是的，有人，這些年我都在想辦法如何出來。

上海碎時記

二〇一四年九月十日

主訴：Comes alone

job：發現前男友上網認識朋友，覺被欺騙。兵役體檢沒結束，等待十月心測，覺生活很無奈、很窩囊。入睡要等一小時，睡前吃一堆東西。

二〇一四年七月十八日

主訴：Comes alone

job：等待兵役體驗（八月分），現在找工作，進退兩難。

匆促跑到上海擔任一間買空賣空（白菜價，嚇到吃手手的優惠價格，先買先贏，然即使確定出發日期，你千里橫渡到異國也不一定能入住，除非，還有空房間）旅行公司的小編。剛到沒幾天就外派去蘇州體驗五星飯店，獨自買和諧號車票，在陌生的土地想著「上有天堂，下有蘇杭」這句話，一直想一直念，腳踩在蘇州時才驚覺受騙。伸手不見五指不是誇飾，是真實。霧霾像塊由細微褐色顆粒組成的布幕，有皺摺、紋理、流動的痕跡，坐在計程車上伸手往外撈，能凌空抓出一把沙。這或許就是天堂，看不清楚比看透輕盈，你的皮囊喪失意義，剩下聲波，那抑揚頓挫的語句可能更具有想像力。白天像黑夜，而黑夜就僅僅是黑夜，路燈照亮所及處，顯現一個個的金字塔狀的沙漏。

我來「體驗」的飯店開幕不到六天，卻沒ATM沒超商，點開百度地圖搜索最近的超市，一公里不算遠。按著指示直走左拐，語音提示「抵達目的地」，那雀躍的女聲帶我到一間廢棄的醫院，超商就在裡面。起碼一千只空洞的窗，證明此處無人，趕緊微信主管，她大感不可思議：「你咋不打D呢？優步拼車很便宜，還可以報帳哩！」我在一片荒蕪裡執意找出那間位於醫院裡的全家，滿地的鏽蝕鋼筋、剝落的水泥塊、硬化的狗大便，小心翼翼提腳穿行，於霧霾的夜走能走的路。

人在孤境感官瞬間清晰，可以聽見血液滑過手腕的怦怦聲，腳趾頭依序落地時承載的體重，肺葉兌氣時鼻腔共鳴的呼吸……被無限放大，大到無須留意，你成為這片黑暗中唯一的生物。再開啟百度地圖，嘗試不同起點，悠揚的機器人照例用北京國語指點迷津說「向前走」，最終，無論我站在哪個角落都被指引至病院入口處：緊閉蒙塵的兩片玻璃門，裡頭散落垃圾。這不是夢，是異常像夢的現實，這令我頓時感到驚駭。

許多年來早已分不清夢境跟真實的界線，假使清醒與酣睡之間能畫出筆直的線，服藥後的一段時間，我雙腳各站在兩端，夢中我和現實我同時存在：

飛機即將起飛，前往日本的旅客請至登機口登機。飄渺的提醒迴盪耳邊，和正在奔跑找尋快錯失航班而憂心忡忡的形成對比。為什麼要去？不知道。我像一本未完成的書籍，沒有可依恃的線索，人設便是如此，我得去，而且是和L。只剩五分鐘不到，不見人影，摸破身上所有口袋掏不出手機，找到公共電話投入硬幣，悠長且規律的撥接音，使人焦躁，快接快接。忽然L以非常「無知」的口吻問怎麼啦？緊急參雜憤懣，幾乎是哭的方式在說：「你人在哪？飛機要飛了，現在你人在哪？」他平靜無波地：「我不去了，你去玩吧！」喔。我在偌大的航廈握持著聽筒，不知該如何是好，彷彿應當進行的劇情生變，朝我尚未編織的方向驟然停止。

而夢遭遇質疑，往往露出它不過是夢的事實，不是睡就是醒，在轉醒未醒的時刻，我慣例拿起身旁手機，驚訝發現剛剛撥號給了L。他僭越進我淺意識修補的美好旅行，善意地揭穿我的想像。

現在的我，是醒著還是做夢呢？

我放棄追索一間壓根或許關門大吉的超商，感覺痲痺的腳掌，坐在無邊的漆黑裡，點燃一根菸，菸草燃燒的光燦爛輝煌，去他媽的百度小姐！

登登登登、登愣，miss微信來電，距離上一通電話過了兩小時有，我還困在這裡，她說：

「那玩意兒怎麼可以相信，傻不傻呀你！」

二〇一四年五月十六日

主訴：Comes alone

job：心情低落，又發生一位作家自殺，負面思考，入睡困難。覺自己不存在。

二〇一四年一月二十九日

主訴：Comes alone

job：男友母親看了個案的書，極力反對。失戀受打擊，提不起勁，覺自己拖累別人。

二〇一三年十一月四日

主訴：Comes alone

job：入睡越來越慢（睡前看電影），會打電話給朋友（事後不清楚）。白天易慌張，跟人溝通難。

如果眼前這片雲夠長命，我便是見證它的誕生之人，每條鎏金勾邊般的雲絮，千絲萬縷，融和為粉撲撲的團狀。總是這樣，剛開始的時候，任何事物毫無瑕疵美得發亮，壞的結果纍纍，隨便一顆就能擊裂完好。同樣的一片雲飄啊飄，飛到熱帶受人景仰，反過來，有攝人期待陽光勝過遮蔽。我就是那片雲，假使有思維能力，也會先調查好風向，往不被屈辱之地高空飛行。

沒有人生氣象局，我旁觀自己，無能為力。

位於雲南三千七百公尺的格拉丹高原，人的視野角度如能三百六十度環繞，才能把高原延展到最遠。最遠也看不見盡頭。蜿蜒的山坡綠色的草，在上升與下降的曲折產生深綠的邊界，而後漸漸淡薄，形成虛線。氂牛長得很龐克，吃草，人一靠近牠們進行牛界的勒索，肥厚黏膩的舌尖舔遍沒衣物覆蓋的身體，彝族人說是「吃鹽」，代謝的廢物於牠們是美味與生活之必需。滿地以公克計的牛肝菌，登山杖戳到就是你的，我找到如拳頭大的，當晚切片清蒸，「據說」口感跟頂級牛肉相似，卻無腥羶。

「據說」不是我沒吃，它清清白白就在眼前，嚐了一口沒有味道，就是把尚未調味過的東西放進嘴裡咀嚼；淌著琥珀色的蜂蜜，跟開水沒兩樣；湯是熱的，熬到化骨的雞沒盡到責任，甚至平日抽的菸在這裡都很珍貴：高原氧氣稀薄，打火機點燃的機率十中一，即使菸頭紅了，剛入口就頭暈目眩，自肺到頭神經被拴緊。習以為常的全部推翻，以為的其實並不是那樣，靈魂徹底跟肉體結合的沉重，崩潰的臨界，肉身無骨，意識清晰，我「在」的念頭坐實了。

手機沒有訊號。蒙古包沒有電視。帶來的書每顆字長腳亂跑。

行前同事講了笑話：有人在西藏暈倒了，醫護人員扛瓶氧氣筒來，發現病患心跳越來越慢、脈搏趨於暫停。醫師大喊「他從哪來的？」家人回「北京」。他馬上開來車，發動引擎，連接管子和氧氣罩，駕駛座上的某某聽指令踩油門，唰——排放廢氣。那暈倒的人瞬間睜開雙眼，坐起身子，剛從閻王那回來的驚訝模樣說：「高原空氣太乾淨了，這可不行！」我晚睡晚起，看書又追劇，刷微信朋友圈特勤快，被認為是身體不好的灣灣人。同事安慰我，就是不好去那麼高的地方——他的食指指著天花板——說不定能跑能跳。事實不然，整組壞了了。拿著氧氣瓶一步一吸，否則行路難差點上西天。

七座臺北一〇一高度的這裡，不須仰賴藥物，亦有同樣效果。

蒙古包彷彿旋轉木馬開始滾動，支撐木架匯聚的一個點，形成漩渦。它是個黑洞，讓人無法拒絕地上升，身體裡俗稱「靈魂」的東西被拉出來，像拉扯一團棉線緩慢散在低氧的空中，最終如同孩子在圖畫紙隨意塗鴉的線條，散在自己之外。剩餘的線連接著太陽穴，而我漸次穿透帳篷，野生野長的紫色鳶尾花星星點點夢一般，比繁星還奪目。我以上帝角度審視地表的勃發生物，卻無法見到遭世界註銷的人，那些鬼不存在我視野。當意識到這事，忽然覺得自己像片風箏，無論誰仰頭皆不知曉的飛翔著，正如同「病重」狀態時的我，卡在無以名物的半生半死縫隙。

我的世界裡只有我，該如何活？

父親陷入昏寐的最後時光，他將母親的名字叫成前妻的，記憶越病越年輕。而我走進身心科診所，傾瀉心情的排泄物，一邊哭喊：「不是我爸死，就是我死。」兩個只能活一個。會來微調精神零件者如不是想回歸正常，便是反向成為脫軌的瘋子，大腦的警報器轟然巨響，逼你棄守逃亡，承認自己有病吧！有病你做什麼橫逆乖訛的事都很合理，例如弒父，例如懇求原諒。從那時推算至今，數以千計控制中樞神經、腦袋受器的史蒂諾斯、易思坦……（藥名取得特別優雅，形狀、顏色潔白無害），對每件聽聞的厄運於心有愧，肯定是我的錯，我的世界充斥抱歉的過敏原。

因為高原反應過於嚴重，帶來入睡的藥物派不上用場，每天早睡早起。露水在霧帶散盡後，綴結在負荷折腰的綠草草梢，沾溼褲管。就在我睡的帳篷底下，一頭母羊分娩了孩子，沒有降世必然的啼哭，安安靜靜的喜慶。

我默默祝福牠們，那天自草的地平線冉冉升空一朵又一朵的雲，都像羊。

二〇一三年一月二十二日

主訴：Comes alone

job：父親罹患大腸癌末期，眾叛親離，沒有親友願意前去照顧，所以都靠個案一個人，經濟壓力也大，心情低落，從小跟父親疏離，不覺特別悲苦，希望父親早點辭世。

二〇一三年三月二十二日

主訴：Comes alone, his father passed away from colon cancer, and he did not feel guilty.but very sad after 出殯. His father left home at his 18y/o. Empty feeling.suicidal ideation.can not sleep under hypnotics. His father has a girlfriend out. His father has s previous marriage and has a daughter. Actually he has guilty feeling and depression. Sleep talking.delayed sleep phase. Psychotherapy for his coping to father's death.

寫不出來。

頁面顯示幾百字，D鍵一按再按，試圖被文字轉述的內容慘遭謀殺，生母與殺手源自同一人。怎麼看怎麼難看，閃躲鏡子也是逃避自己。答應好雜誌社西洋情人節繳交一篇關於「愛」的短文，曾經愛過卻得排除糾葛的枝節藤蔓，勉力維持愛的崇高。我不能。自從生病以來，幾乎無法捕捉腦袋裡撲翅亂飛的想像，一句話耗時費力，最終刪除。到後來我暫時忘記「寫」的能力，將時間揮霍在聊天室，直白粗暴的網路體，什麼象徵修辭再見。

在上海的工作挺時髦的，叫小編，一樣敲字維生，但不必主動迎擊回憶。老闆辦公室裡架著各家出版社的旅遊雜誌，深度在地人景點，淺如沾醬油的必去Top 10，一週寫三篇：曼谷旅遊禁忌、無邊泳池精選集、莫干山避暑新民宿……諸如此類。我抽出相關主題的雜誌，開始讀，撫摸那些高清華美的異國圖片，把「我」丟到那裡，按照旅遊指南的文字再走一條「P」過的路：按照老闆說法是「內容Update！像你去過一樣就成！」

寫字樓裡塞滿新創產業，隔壁的創投公司每個職員整天綁著紅布條，早午晚精神喊話，搞得異常抖擻；隔壁是墓地販售，活人先來預訂海南島真正的「海景第一排」，成天人進人出的，一點也不像經營身後事的。我任職的公司夾在中間，習大大畫素太差而失真的海報就在眼前，底下一行紅字：「你們是早晨七八點鐘的太陽」。我經常坐在遮雨棚下的沙發抽菸，重新捋順不曾遊歷的他方。

有時需要「翻牆」找資料，軟件IP位置顯示我在英國、德國、馬來西亞、新加坡……尋找長城的漏洞，鑽出去探望世界。等待的時間不一定。經常爬不過某個坎，停頓，順利越獄則像中樂透，心裡的鞭炮劈里啪啦響。我喜歡這種不確定，或者說，偶爾跟原先的生活稍作聯繫。Email未讀郵件幾百封，除去廣告，大多是逾期的邀稿，以及朋友慰問「你還活著嗎？」我順理成章變成透明人，跑到十里洋場已讀不回。特地的隨意，窺視L的Instagram，每張照片都是他生活的窗眼，蓋成一棟大廈，圖文並茂地展示自己的戀情動態，就像，上海人習慣把貼身衣物串在竹竿，花花綠綠保守新派的示眾。我們站在不同的地方，距離很遠，不那麼容易感傷。接著，電腦螢幕處於「刷新整理」中，多看一眼都不行，恰如其分的接觸，我覺得剛好。

拒絕登「陸」的朋友問我：「那跟坐牢有什麼兩樣？」

正因為我無法控制慾望，才空降這裡，否則就在精神病院吧？

寫著虛構的旅行，販賣連自己都不想去的套裝行程，我不是我，存在每篇假想之中，永遠在旅途上，新時代的網路游牧民族，哪裡都去，卻也有暫時不想回去的所在。與外界慢一拍，試著慢慢來，培養回家的勇氣。

二〇一二年六月二十九日

主訴：Comes alone

job：睡覺說夢話，疑似夢遊。PBD（＋）

二〇一二年八月六日

主訴：Comes alone

job：抱怨動作不協調，不知道是不是安眠藥的影響，有特別去看小兒科醫師。

二〇一二年十月二十三日

主訴：Comes alone

job：Lost follow up for 1 month.

上個月騎機車載小狗，小狗意外跳車，結果個案緊急煞車跌倒，右腳骨折，故自行停藥一個月。覺養狗之後比較不寂寞，但是心情仍然憂鬱，偶爾失眠。Paroxetine 40 mg/d 的療效最多只能改善一半左右的憂鬱。

有個「碼」程序的十九歲山東男孩，特別喜歡買淘寶。

櫃檯美女的任務就是簽收他的順豐包裹，五湖四海地寄來寫字樓，與其寄往無專人收件的賃租處，不如地址填公司，起碼總有那麼一個人會親切和藹地接納它們。這姑娘特美，不施脂粉也難掩蓋出眾的質地。她會偷偷告訴我，男孩今天共計五個快遞，拆了退，喏，明天又得叫小哥送回去。這情況發生頻率極高，他壓根不是為了買衣服上網的，好似渴望有個陌生人轉過幾個集貨區，在「貨物詳情」裡迤邐拖出曲折的路徑，抱著趕赴情人的態度與速度，抵達這裡再依原路遣返。

我私心懷疑，被高層壓榨進度故得在公司打地鋪的小鮮肉，太寂寞了。在他這年紀，我在戀愛在蹺課在荒廢青春，而他卻開始謀生，只為了離開山東老家，周遭全種植玉米的風景，沒有生機；卻沒餘裕去逛城隍廟、霞飛路，留在蘋果電腦前用數字敲出異世界。於是那些被退件的包裹讓他有了存在的證明。

某回加班了，領導叫了輛優步，我們拼車。她住的小區離公司近，比我早下車。那是輛簇新的賓士，不是新買的初生質感，而是平日精心打點保養得宜的車子。密閉的空間裡沒有令人作嘔的香精味，也沒飄散便當吃食的殘餘氣息，就是，乾乾淨淨，和斯文師傅的樣貌很搭配。領導是個甘肅人，來上海久了口音很地道，每個音節都斷得清楚，不認識的話會以為她正在發飆。我們在抱怨公事，情景約莫就像恨不得殺了那個談資裡的某某某。難怪師傅在領導下車後，才恢復講話的衝動，問我從臺灣來的吧？說話軟軟的，沒骨頭。我笑說對啊。某種隔閡解除了，他暢所欲言，彷彿墜海逃生捉到浮木，每句話都依賴在我身上。他是黃浦江旁林立大樓中某間公司的經理，平素司機載著趕開會，「車是我的，我卻認不得路。」他說，因此「兼職」司機。我好奇問：「不怕員工搭上你的車嗎？可能隔天流言會變成公司是不是快倒閉？」他似乎沒想那麼遠，強調遇到了再說，「你不是本地人，我不怕。」突然我想起初次員工聚餐時，大家壓低嗓子問：「你是臺獨嗎？」他們堅決相信臺灣是中國無法分割的一部分；此時，我又覺得優步師傅喜歡這種距離，身分是相對而非絕對的，於他於我，這一晚的車程有點奇幻。

現代人多少有點「不正常」。我所謂的「不正常」是以普通人視角來檢驗，脫離常軌的運行，放逐自己，時間到了又回歸作息，這是身體內建的求生本能，跟呼吸差不多。

而我是會忘了呼吸的那種病患。需要每日服藥，避免情緒的觸角延伸至他人身上，維持穩定的情感波動，太 high 導致失落、太 low 更失落。得注意我是否仍在正常軌道，紅燈停綠燈行，時速四十的安全駕駛般，控制難以量化的病。所以我羨慕懂得用最貼近生活方式紓壓的人，他們不是病人，一覺醒來世界恆新。

在上海的時光，「嗑藥」後等待睡意光臨，我打發時間的方法是跟淘寶客服聊天。頁面下角有個逗號狀卡通圖案，有些賣家稱為「撩客服」，買或不買，你都能點擊進去，隨意反饋商鋪商品連接，「親，在的呢！」「親，需要幫忙嗎？」親親親親，素昧平生尚且不知彼此長得是圓是扁、是男是女，一句親密溫暖的叫喚，此乃「淘寶體」。乍到大陸，每個人喊我不說全名，喊親。人與人之間的距離瞬間縮到很近，由鼻腔共鳴作為尾音，這字不似其他幹練的詞彙，親，黏糊糊的。

每件衣服都問：「我穿得下嗎？」

客服經過專業訓練，話術好得沒話說：「可能太修身」、「或許另一件衝鋒衣更適合喲」……它不會嫌棄我胖，小心翼翼地使用語言，跟進入堆滿熊大、哆啦A夢等娃娃的診間相仿，溫馨且童趣，醫生也這麼說話，每個脫口的字眼無稜無角。

親的簡體字無見，孤零零的「亲」，看不到我，卻溫暖了一個異鄉人。

二〇一二年二月二十四日

主訴：Come alone
job：日夜顛倒，有厭世念頭。人前有笑容，獨處就憂鬱。

二〇一二年三月八日
主訴：Come alone
job：白天記憶力變差，看診中一直笑著說心情不好。

二〇一二年三月十五日
主訴：Come alone
job：覺情緒無感，平平的（以前看鬼片會怕，現在沒感覺）

二〇一二年三月二十九日

主訴：Come alone

job：夜眠可，不想出門（以前愛出門），看書也沒興趣，出書沒信心，疲勞，注意力差。

每天浸淫度假的想像，瘋狂打字下場就是肩周炎。

同事個個戴著飛機護頸枕，久病無法成良醫，倒是能推薦好醫院。請了病假老早到上海第六人民醫院。聽說是權威名醫的集中地，大陸人多，想爬到金字塔頂端，底下得踩過幾個億人啊！剛開門，掛號處曲曲折折繞了幾圈人龍，領到數字一〇二八號碼牌。依臺灣的就診經驗，某些數是空著的，不會「如實」。可當我上二樓骨科門診，場面簡直是老弱殘預備跨年的盛況！椅子地板全是人，有的自備板凳，自知醫途漫漫，做足準備應付。

無法平舉手臂，指頭按鍵盤都如點中痛穴，彼時，我擔心的是：再不能寫該怎麼辦？

六小時的等待換來一分鐘的看診時間，期間四周站著等叫號的親眷，重複雜沓地切斷我們的談話。醫生這兒摸摸，那裡摸摸，不過幾秒病歷和X光預約單遞上，下週再來。我拜託已經在「摸」下個病患的醫師說：「能不能先開藥減緩症狀？」他的聲音自紛亂的合唱中突出：「還沒看病呢！吃啥藥呢！」我撕毀單據，跑到對街藥局買最貴的痠痛貼布，想吃藥這麼難？

忽地，我羨慕起臺灣的就醫環境。

第一次看見身心科診所時還在裝潢呢，木屑亂飛，工人的保力達B放角落，絲毫不會給人一種：「啊！以後這裡要開一間精神科診所」的期待。落成後，面對馬路的是魚缸，水的褶皺模糊裡頭患者的面貌；裡頭悠揚播著輕音樂，書架都是勸世文以及少量的八卦雜誌、昨天的報紙。起初我唱衰沒半年就倒。緊鄰龍山寺捷運站，全臺游民Party的廣場，人既已瘋、有家不回，誰要來光顧呢？我插頭香，病例表還沒疊到木櫃最頂端，潔白的紙張即將記錄我來的目的。半小時的談對過程，我講醫生聽，他不會下指令要你非得如此，才能有助身心健康。但會開基礎藥，讓困擾你的病症不致影響日常作息。

後來我成了常客，需藥。

許多婆婆媽媽明顯是打扮過的，頭髮染燙捲，隱約還能聞到定型噴霧的人工香；良家婦女會穿同色系洋裝或一身黑，腳踩平底鞋，但絕不是拖鞋。也有男性，白T袖子遮不住刺龍繡鳳的紋身，人倒客氣。其中最令我好奇的是，以我住在萬華三十餘年的雷達掃視，幾隻流鶯也翩飛駕到，短裙爆乳裝，外頭套件針織衫，然而三寸的高跟鞋出賣了她的身分。我混在其中等叫號，腦袋不禁想像，流氓會怎麼憂鬱？想金盆洗手卻怕仇家復仇？或者流鶯因生意慘淡而煩惱？抑或想當平凡女人找個恩客一起結束肉體的買賣？我們坐在長條沙發上，用自己的方式打發時間，看起來不像有病，單純是進入一間名為「身心科診所」的地方，而將腦袋裡沸騰的奇思異想暫時壓制住，等等請醫生分析研究。

一九七二年由羅森漢恩博士主導的「假病人實驗」，掀開醫界的「貼標籤」慣例。他招募三女五男的組合陸續去精神病院掛號，聲稱自己產生幻聽，然食衣住行一切都很正常。這些人包含研究生、心理學家、兒科醫生、精神病學家、畫家、家庭主婦，可最後七人被診斷為精神分裂，還被關進醫院強制治療。當他們以合乎邏輯的言語要求出院，則被認為妄想症加劇。這項「顛覆」的創舉，突顯這病的特殊性是：你相信自己有病，就病了。

自己替自己貼標籤，是的，我病了。

直到役男兵單到，另一批醫生要證明「很正常」，該來的躲不掉。我無法想像一群男人脫光身體淋浴的畫面，以及粗俗的「撿肥皂」笑話。像電影臺偶爾重播的《報告班長》，連長排長言語霸凌完，扛槍跑操場五十圈或交互蹲跳一百下，那才是真正的坐牢，長大的方式很多種，想成田稼的方式，便是灌溉大量肥料，瞬間抽高、收成。我是個連上小便斗都需要找無人使用的廁所才可排泄的怪物。有人在旁，膀胱不聽使喚，尿液已過防線，拿它沒轍，等那人離開總算得救！我想，在那如廁、洗沐、穿衣……時間皆有嚴格規範的地方，我會發瘋。我請診所列印每次就醫紀錄，洋洋灑灑一大落，字寫得簡單，沒有多餘的情感沾黏，有點冷血。我捧著那些冷血前進臺大醫院、三軍總醫院複驗，一次次被駁回。

我要填滿病例表文字的不足，說出由我腦袋蔓延攀伸的枝節，盡頭開綻黑色的花。

如同這滿紙囈語，都是病的註腳：Comes alone，來孤單，還是，走向孤單呢？主動抑或被動？我的腦似乎分裂另一個我，他嚮往背離熟識的人事物，於是拉著這個我越走越遠，最終隔著一道海峽，用最舒適的距離去解釋孤獨的感覺。

軟體動物

1

孤獨，是因為不被愛的緣故。

女友穎那時愛得也很熱烈，姑且稱呼她男友叫牙醫吧。牙醫讀醫學系，他把穎介紹給家人認識，受到「未來媳婦」應有的待遇，原本不信教的她還受洗成了基督徒，開飯前禱告上帝恩賜。牙醫有個雙胞胎弟弟，讀音樂系。我們並不常見面，坐下來就是擰開話題水龍頭，漫漶整間麥當勞；從愛情的細微支流逐漸匯集，咦？場景故事人物重疊，你不得不懷疑在無窮無盡處有個玩意兒，有意識地操控著人類，連最渺小的機率都碰上！那和牙醫只差幾分鐘誕生的弟弟，竟是L從高中到大學的朋友。我和穎談著各自的愛情，卻在同個時間點產生異樣的交集：我能從她那裡竊取尚未知曉的L的過去。

會疼這麼久，跟難以解釋的緣分有莫大關連吧？

我比穎提早撤離這段交集，試圖和L生活凝聚共鳴的理由抹去，盜聽的舉動更像是慘遭遺棄而心忿難平的寡婦。走得熟透的路徑不可再去，培養的作息驟變，一個剛失去父親的人，現在情人又提分手，每次，留在原地的總是我，他們的選擇會有新生活，譬如壁虎再生一截斷尾，如此相像，但已不是為了逃離捨棄的那部分，截然新成，不帶舊時間的眷戀。我深深深深地覺得自卑。所有溫暖的、甜蜜的、愉悅的形容詞和我絕緣，彷彿有人註定得遭受背離，背離到最後自己都嫌棄自己，仍想不透原由毀壞於哪個環節，終究導致難堪？

我想，每個愛情傷兵都曾陷入無底的懷疑黑淵，滿頭泡泡對話框，天使與魔鬼、良善與惡意、愛與恨……沒有回應的詰問堆積在腦袋的皺褶裡，成為宿便。開始獨居的日子，清醒時本能告訴我找個人來替代空缺，該下載的交友APP無一掛漏，照騙必須，有點性意味必須，每段自介瀰漫發情的賀爾蒙。總是日頭落西，周遭再沒日常的炒飯、哄孩子、爭吵、誦經聲（我家緊鄰一家媽祖廟之後，傍晚開始有幾位師兄姊複聲雜沓地唱）之後，夜變得很輕盈，你會相信鬼比較會出現在白天，夜是如此適合醒著。凌晨的我登入網路，一面蜘蛛網的透明路，它有名有姓，敲擊關鍵字便會指引迷津，任何足跡皆有存證。

羅列結果一萬條，我就探訪一萬次。

衷心渴望全是死胡同，碰壁比面對新訊息更令人安心，次次無功折返如同出竅的魂靈歸體，不就是去了沒有意義的觀落陰嗎？可處女座性格使然，我登上「甲板」，鄉民齊聚的議事廳，分屬感情類的版面：張貼尋人啟事、花痴分享文、潛水好久起來冒泡的自介，也有幫親朋友好牽姻緣的他介。依據新到舊的發文時間回溯，在我隔著螢幕觀看時，那些主題和回覆早是過去，來不及參與的轟轟烈烈，被更新的往前推，湮沒網路海，我來此打撈，捕獲許多過期的聲音。直到，進入某條推爆的他介文，我知道網中有東西，並非金蘋果，而是鎖在我腳踝的石頭，必然下沉。

內容大約是L的至交說昨日是他生日（是呀！我還記得傳封規矩的簡訊），竟然宅在家，每天瘋狂練琴估計忘了戀情，亟需有善男子帶他脫離光棍的日子。有圖有真相，這人附上的是L音樂會的彈奏片段，眼前只有黑白鍵與專注的神情，特寫每根手指愛撫過琴鍵的畫面，合身黑西裝；之後補幾張生活照，文末不忘提供認識由此去的管道。底下網友疊屋蓋樓，一句話便是一根梁柱，數以百計的留言都是讚美與推與求交往。其中有話中斷我的失意，「經常在軟體看見你，我們住很近，出來吃飯嗎？」喔。原來他已經替交友網絡鋪陳，鄰近的同類都能比我更接近他，用輕鬆和狡黠和曖昧的方式對話。

虛擬世界戳痛了我，愛情片成了恐怖片。

如果當初橫阻愛情截流的因素是L母親的無法接受，他答應暫時不跟男生戀愛，還能當真嗎？自此夜晚如遁逃的殼的感覺佚失，取而代之的是疑神疑鬼，心頭被人用腳狠狠踩著，左胸膛的裡面應該瘀血了吧？好萊塢B級片的血流成河、剖肚剜腸的畫面好美，那尖銳的利器似蝸牛爬行，行經之處皮開肉綻，臟器袒露無遺。我想像，自己成為自己的開膛手，在深夜裡服藥後，飄飄然地進行一場睡前屠殺，中醫針灸般放血，出清錯誤記憶的內傷。邊看著手機螢幕裡的淒厲尖叫，換來舒適的睡眠。

曾有老師聽聞我這「怕鬼不怕血」的性格，她先是頓住，接著莞爾一笑，笑中意味深遠。嗜血者估計內在蟄伏暴烈因子，對於常人的痛視作消遣（外科醫生除外）；怕鬼者，投射對無法復活的人無法彌補的歉疚，異度空間的魑魅魍魎牽扯脆弱神經。頗有道理。跟L同住的夜晚，看鬼片成為殺死時間的睡前活動，有活人在側，吹動頸間絨毛的呼吸、溫熱的掌心分泌涼的汗，無理由大開殺戒的幽魂，只在電腦螢幕執行祂的奏冥曲。

愛情碎滅後，我在對方眼裡是人還是鬼？

如果是鬼代表於心有愧，相反，我便是雙手血腥的屠夫。

這大哉問卻由L的姊姊間接告知。L不練琴的時候會撿我讀完的書——那些被定義「文青必讀」的書目——回臺中時從他姊姊聽到書脊上的作者名字，竟能亂入幾句。L是我的讀者，他跟一個活作者交往，文如其人可能另有他解，先坦承後破滅，多少前車之鑑多添一個我。他總是要我寫，把他編織進正火燒眉毛的邀稿裡，自此「L」變成呼喚他的唯一代號。大約行文太透明，佐以臉書狂放閃，字母和照片恰巧就是完美的證據。L的文青姊姊於小小的臺北文學圈，輕而易舉地找到我。

那是場網路書店主辦的演講，跟其他兩位女作家談論「家庭」，主持人是出版社的主編。對外我的形象是沒有形象，口無遮攔，許多穢語土石流般噴薄而出。不為什麼，怕周圍的空氣冷，唯有大嗓門和八卦和黃色笑話能取暖。奇特的是，燈泡蜜糖似的水波光暈中，我直覺地看見L的姊姊。跟照片一樣。距離開始還有半小時，座位很孤單，彷彿收成過後的紅蘿蔔田，她選擇坐在舞臺邊角的木臺階。我收斂張揚唇舌，節制用語，應酬的笑聲盡量含蓄。我不知道為什麼，必須袒露「更像」平常生活的啞巴模樣：名字，分場合使用，這個與那個我放在不同的位置，便啟動對應外界的演戲模式。主編似乎沒查覺異樣，忙著招呼另外與會人，我則忐忑難安：命運從不對我僥倖。

聽眾聆聽臺上我們訴說身世。我萬分疑惑：難道你們不曾遭遇困頓嗎？書寫成冊的祕密被剝奪暗藏陰影的權利，它會經由我的嘴再次喚醒，越來越清晰，彷如昨日。我想像每個聽眾都是醫生，把悲劇的濃度降低，雲很淡風很輕，極熟而流利地追憶過往。沒人知曉「故事」宛如骨牌遊戲第一片開始傾倒，到死方休；與我有關的記憶是巨大且萬能的有機物，它編組過得去與過不去的關。她就在我的右手邊，我顫慄，我想跟她好好解釋「我的家庭」。

目光向前，稀釋的家事淡淡地從擴音器爬下來，朝她的方位前進。我傾訴的對象剩下一人。

演講結束前她就欠身，逗號狀，繞出門外。

總算能鬆懈緊繃的神經，呼，我是顆洩氣的氣球，真正的自己最難演。後來工作人員對我說：「你前男友的姊姊有來噢！她要我跟你說，她有來。」

L的姊姊勢必把我當作嗜血者，行文裡毀了她家的靜謐，會來，就像家屬於法院旁聽兇手的自承與懺悔。字面無害的句子，卻埋藏核爆的威力：或許、可能、應該L坦白某部分的真實。這令我退回到無盡自我譴責的黯淡心室，為他打開櫃子的舉動超渡自己，徘徊人間充滿歉意的鬼魂。藍綠紅當三原色亮度各自飽滿均衡，疊合處是白：我會想像綠是L的原生家庭，健康完美，有如一株品種精良的樹；藍色是L，既憂鬱又自由的顏色，而我呢？只能是血淋淋的紅，帶詛咒。我們因緣際會碰撞在一塊兒，撞擊出感光細胞中不可見的白，事件發生後，彼此間的疑問都能謄寫在上頭。

戴著抗藍光眼鏡敲鍵盤的我，分明看的是WORD白頁面，卻要抵禦看不見的藍。

偶爾徵信社念頭燃起，深入網海，眼睛疲憊不堪，逐漸無法分泌淚液，用眼三十分鐘休息五分鐘，點特涼眼藥水滋潤快剝落的視網膜。不急著追索，無光的黑讓我深感安全，任冰得令人欲泣的藥水灌溉面頰，毛孔盛開藍色異卉，冷冷的有點鹹，越是刻意遺忘，它越茁壯。

2

二〇一七年五月二十四日，我戴著耳塞式耳機，聲音填滿耳道，撞擊耳膜。

我在前往公司的捷運。周遭都是午後出門，推著小孫子的阿公阿媽和遊客，他們緊盯顯示站名的跑馬燈交頭接耳，應該在討論「是不是這站轉車」。我聽不見他們的決定，唯有開闔的嘴型與安撫五官糾結的嬰孩的動作，我想，這建築在地底的交通網絡太密集龐雜了，落錯車，也能轉別條路直到目的地顏色的轉乘站；或者，跳對面月臺，耗費幾分鐘等待折返。跟這乘車系統幾乎同時誕生的七八年級，就不會有這困擾。沒有國臺客英語的唱名，內在某個機制會自然而然要你起身，不管是左腳還是右腳先，你就離開了車廂，去你該去的地方。我也是。即使手機畫面異常單調無趣：西裝男子照本宣科，冷靜如冰地照稿念，上百次閃光燈照亮他的銀白髮，幾十分鐘的鋪陳，成了第七四八號釋憲的結論。

我上份工作跟法律相關，舉凡吃喝玩樂都能引起消費糾紛，再細微的吵鬧甲乙方，全都可找到適用的法條，或薄或厚，那些冷僻到幾乎這輩子不大有興趣（需求、須知）的枯燥條例，幾款幾項幾條，疊出人生的罪與罰，把火辣生死編纂得像天書，生機的光芒偽裝得很枯萎。

於是，我閉上眼，聆聽宣讀，到公司的站後，爬上地面。

我現任職的公司是間以食譜影音起家的。員工百分之九十是女性，男生僅六位，陰盛陽衰到極點。解開密碼鎖，推開玻璃門，我開始跟埋首電腦的同事「預告」：記得包紅包，不能低於四位數，你知道結這婚多不容易！我的主管上輩子肯定是根針，刺我：「那你得先有對象，才能結婚。」我替地表五%的同志普天同慶，卻忘了「目前」不甘我的事。而他恰巧是同志，臉書從早到晚叮咚響，盡是臉書交友邀請，讓他點餐，過或不過大權在指；我則是天女散花徵友廣告，巧言令色也吸引不了人願意初識，主題曲漸漸變成劉若英的〈一輩子的孤單〉的邊緣人。

由1和0編織程序的網路世界，我不懂；由1和0分類角色的愛情世界，則是姊妹眾多，情況約莫是：

0000000000001000000000000000000000

000000000000000000001000000000000000

00

想尋覓理想對象，得姊妹鬩牆、得生死鬥、得將心機藏得不露聲色。

所以我的手機裡有個「交友專區」的資料夾，全是各路開發商的APP。屬性不同，下載的人大同小異，據說同志占總地球人口數五%，按照常理，大多聚集在城市；譬如上海，閔行區方圓一公里足足得「刷新」幾十頁；譬如臺北，以我家為軸心畫出個圓，兩百個同類跑不掉。照片放了（絕沒PS過，或一鍵美顏）、資料填了（身高體重，哥弟、攻受、不分〇・五）、平素愛好洋洋灑灑羅列（自報家門整日必做的事和興趣，除了跑廁所次數外）……履歷未能仔細至此，我卻花了數晚ㄅㄆㄇㄈ、平上去入造字，好像不這麼寫徵友啟事，再好的因緣都將對眼而過，再爛的爛桃花也不願在我枝頭醞釀花苞。七個交友軟體彷彿七個大型婚友社，或者，七堵綿延無盡的尋人牆，全天候待命，終年拋頭露臉。

即使如此，無人聞問。連謹慎敲打的「哈囉」、「你好」，全都、全都石沉大海，分明已讀卻未回，難道自己遇到鬼？事後反躬自省，說不定我才是鬼。瞧瞧別人是亮優點：巧克力冰塊盒，健身後溼漉露點的白背心，純白的襯衫黑色的領帶合身的西裝，閃瞎眼的皮鞋露出半截玻璃絲襪……得其所好，走在時尚的前沿，一盤天菜就此誕生。很抱歉，以上敘述種種，本人全沒有。如果天菜是一萬雙筷子爭奪的限量供應，那麼我應當是乏人問津的生菜沙拉、海帶豆干之屬的剩菜。

我從不運動，經過鬧區的運動中心，落地窗內每輛飛輪有駕駛，每臺慢跑機有跑者，他們似乎懂得對付歲月這把無情的殺豬刀。趁著脂肪和皺紋大舉進攻前，有效地挽留青春的尾巴。心嚮往之。一窗內外，即是兩個世界：被選以及被淘汰。而我今年已經三十八，吃著中醫開的減肥藥，消極對待懷胎六月的肚腩，不曉得裡頭的怪胎何時分娩。

這是個講究數字的時代，量化比文藻詞彙的天花亂墜更引人入勝。身高不及一七五公分視為半殘；年紀三十開外就是大叔，什麼歐巴什麼哥，哪怕你內心是弟需要被摸頭愛愛，具體年齡擊敗心智年齡。最該譴責研究出BMI值的人，身高尾數減體重後誤差十公斤範圍內的身材適中，雖說顏值掛帥，不胖，尚且能補足扣分處。某軟體順勢將同類分為九種動物，活像動物園，貓狗猴牛熊豹狼金剛豬，螢幕裡每個人，喔不，是每個動物被「參觀」過後你將成為你以為或者壓根想不到的種族去，像我就是豬。至此之後，逢人便問：「我真的這麼胖嗎？」女性同胞似乎喜歡略微有肉的，總說：「還好，」然不忘補刀：「就是臉腫了點。」

換個角度想，我徹底了解《變形記》裡的那隻甲蟲的心聲了，以前讀無感，只覺得主角衰到極致，對於存在主義的流派不過是歷史上與我毫無瓜葛的哲學思想。然而現在，我成了豬，再有千言萬語也是對×彈琴（×字請自行填空其餘八種動物）。一樣的中文，一樣的杳無音訊。以前對豬字不帶偏見，畢竟牠把白白胖胖、富有膠原蛋白的肉身給了人類煎煮炒炸燉，《人類簡史》作者說狗和豬是最早被馴化的家禽，「家」字底下不就是靠豕奠基的嘛！可當你被看不見、摸不著的網友，善意、惡意、無意評選為豬的時候，坦白說，再多的自我安慰都抵不過潛意識裡對豬的厭惡。

既然身而為豬，也該有點市場行情吧？開啟過濾模式，喜歡豬的大有人在。喜孜孜地如見故人，熱騰騰傳遞「我想認識你」，一叩門再叩門三叩門，無人回應，對方是隻「狼」，這不是改寫格林童話了嗎？該順理成章的亂了套，心裡下雪，比竇娥還冤。

三番兩次下定決心殺了這軟體，當豬已經夠可憐了還沒人上市場添購，食指懸空，踟躕猶豫。要是明天大後天甚至某一天，愛豬人士於遼闊網海打撈到我，而我恰巧是他餐桌必不可少的一道豬料理，怎麼辦？正如同「交友專區」裡始終靜謐的其餘軟體宿命一致，放著，等著，新時代的吸引力法則，昂首期盼像某顆被天文學家集體忽視的巨大隕石，悄悄地卻光芒萬丈地衝破大氣層，撞進剛剛好孤獨的位置，終結舊時代往往是大破壞，終結寂寞也是一眨眼飛到外太空。

太空：無聲，無重力，一隻豬漂浮在星系，只有口型卻無人聽聞的吶喊著。

別人並不知道我的存在，於三億六千萬的同類中我彷彿隱形，握持手機，隔著螢幕，手指刷新，開拓離我越來越遠的領地。那裡有許多照片和自介和急於脫單的情緒。在每個框格裡，他（牠）細心經營自我的客廳，歡迎請進，有的只想閒話家常，有的喝咖啡找閨蜜，有的約見面，有的大白話想約做愛想要Fun，系統設定最最令我感到悲哀的一句話是：「無聊」。

無聊，並非字面上那樣平淡無波瀾，它介於對世界仍抱希望與轉身絕望的一道坎。我點進去覺得無聊的無聊之人的網頁，正在直播。因為我的誤入，今夜陪伴他的人有十一個陌生人。互動字幕鮮少更新，訪客來的來去的去，他花很長的時間在做伏地挺身、仰臥起坐，喝水，湊到鏡頭前：「你們說些什麼話吧？」這句話莫名地擲地有聲，像是呼救什麼的。我觀賞這隻「猴」整整六小時，東方天光白，至終不發一語。身後的窗簾篩透陽光，他向搬凳子圍觀的我們說晚安，稍微補眠等等要上班，下線，殺死他無聊的一個夜晚，用被看見的方式。

這隻猴子是廣義的帥，他赤裸展示孤寂的生活，縱使他很主流。

況且我是一隻豬，非主流。於是，我決定在搭捷運時，站站更新所在位置，穿越半座臺北市留下存在的記號，這是我唯一能做的事，將自己置於眾人視線之內。

如果不是因為孤獨的緣故，我不會發現許多人跟我一樣不甘寂寞。

●

「吃喜餅嗎？」主任「又」開始分發甜食了。

水果刀劃開，鹹蛋黃和棗泥全脫離餅皮，我邊吃邊惡毒：「說不定明年就離婚了吧？」掉滿桌的芝麻，像愛情裡的瑣屑替離別留了一手，以待日後一顆顆還擊對方。真的姻緣不需要多加努力，你按照平淡無奇的往日步伐走在平淡無奇的街上和平淡無奇的人們擦身交錯，某刻，出現歧路，他或她平淡無奇走進你的視野，從雜草的大小日漸瘋長，叢叢撥開，開了朵異卉：長在心上，看在眼底，如果，我是說如果，那人心頭也含苞或待放，才是愛吧？

完全不必繳交會費來「相親」。

我在婚友社工作，企劃耗資兩百萬的交友APP，接近收尾階段。疫情連帶影響單身者的感情路，不至於為了愛和性命過不去，過去了，也沒命談呀！既有的十萬會員通通上線，業務變身月老，一切問題雲端解惑。不過系統比 Lady 卡卡更卡卡，抓不完的蟲，歸咎於好事多磨，請老闆再等等。

老闆是業務員出身，成家優點描繪得完美無瑕，偶或摻雜一點悲劇情節：暮年罹病一個人躺在醫院病床，沒老伴有看護，保險受益人空白，這世攢的房和錢該給誰？最親密的惟獨死神，「趁早，有伴最好！」茶水間倒水時，員工訓練時他佈教宣揚。單身的我好汗顏，不被愛罪孽深重，能盡人事已經做足，交友軟體全下載，請朋友介紹對象，我還能怎樣？

辦公室午後開張，沒被嚇跑的女業務員，著白襯衫灰套裝，坐在一架電話前隨機 call out。她們有本「單身通訊錄」，向全臺灣愛無所依的人發邀請，頓時宛如置身配音室。有個經常喫菸的妹仔，上線時菸嗓子榨出甜和蜜：「您想像一下齁，臨終的時候身邊沒有親人的感覺……喂？」遭切電話，轉頭沙啞飆髒話：「什麼不需要謝謝，等他需要的時候就太晚了！」半百媽媽擁有少女美聲，講話特有耐心，一通電話講上個把小時，業績極佳。我佩服她們雙聲道切換自如的本領，肩負散布花粉的蜂蝶，電話那頭的人肯定醉了吧？

醉的，約定好時間前來會館，依照財務（動產、不動產）、工作（五師行情最高：醫師、律師、建築師、牙醫師、會計師）、首婚或再婚、有無孩子……當然還有顏值與身高。老闆鍾情夜店風，深褐色玻璃隔成小房間，一盞照不清五官的低亮度燭光，麂皮沙發、單腳圓桌，搞得異常聲色。報名者先在櫃檯等候，口罩外加墨鏡，真是八大場所的氣氛了。興許鄰近臺北車站，車如水馬如龍，有頭有臉的高端人士，走進一幢住商混合大樓必定有鬼。「教授」自花蓮遠赴而來，點名致電的女聲洽談，一牆之隔談了幾小時，再現身，列印入會表格，這個月不必吃土了，抽成就能過段優渥生活：「學姊，ＯＫ！」她的顴骨如麵團發酵，笑得眉眼彎彎。送「教授」搭完電梯，微肉女孩扛了把根帶泥的三星蔥進來，說是禮物：「送花不實際，蔥還能吃，路過宜蘭時買的。」

好純的男子，急時光中的老浪漫。

還記得嗎？撥接上網如龜速，蕃薯藤尚未演化為肉食性的雅虎，設計陽春純文字交流的聊天室頁面，哪需要絞盡腦汁取暱稱，性別、年齡如實輸入，沒有太多的宮鬥心機。有意者換MSN接續聊，盯著解析度不高的大頭照發夢，這個人就是這個人，不會盜圖，那時異世界工程緩慢，得以延遲真實的尾聲。我想，「教授」和我同樣眷戀那段網路過渡期。現代，太快了。人類是浪漫的動物，貪戀電光和石火，再老的皮囊仍會觸電。胸肌賁起，冰塊盒腹肌，無害奶狗臉自投羅網，依舊、依舊令人愛液聯翩。談沒幾句，聊起加密貨幣，才知是詐騙。

曾有記者朋友探聽可否採訪婚友社，她疑惑皺眉問：「難道你不好奇，都什麼時代了，這行業歷久不衰？」腦海浮出一句名言「愛情是門好生意」：如甜膩膩的黑森林蛋糕，許完願吹熄蠟燭，頂多吃一塊，兩塊是極限了。好就好在淺嘗即止，曖昧時速配結婚，婚後的酸苦辣有很長時間能反芻。婚友社雖老派，卻是真實世界的淨土，為情海浮沉的眾生拋一枚救生圈，先生還再說。

建檔資料不乏七年級的竹科工程師，沒宅氣，被配對對象拒絕的母胎單身，需要加強「戀愛課程」。還有田僑仔，坐擁精華地段幾頃地，長相普通，五十歲該有的風霜全寫在臉上，主任眉批：「送上去！」初初不懂，上去是上去哪？散落蜂巢狀隔板的聲優此起彼落：「記得，我叫美惠喔！」美惠是標籤，人真來時帶上去。她分析道，收了此類人就是自找苦吃，年輕美眉看不上眼，擺著生菇，又不能不安排對象約會。上去，真的是上去，樓上有間競業，我們的拒收戶一律向「上」呈報。當然他們遇到要求高些的便送下來，資源互通。

男多金，歸類為尊爵，年費百萬起跳。

至於女的嘛？忌聰慧、忌存款過多，不宜超過廿五歲，是謂「好女紙」：沒擦布、立可白塗飾的痕跡，雪白無折皺的一張紙。

三十幾的女博士有車有房外加高學歷，渾身鍍金鑲鑽，條件樣樣教人慚愧。

高攀不起的自卑感作祟，嚇跑一大票符合她的理想情人，當朋友可以，再進一步萬萬不行。她並非 sugar mommy，來這兒的「真的」渴望真愛，窮途尚未末路，絕處還能逢生，交給愛情園丁處理，總有一日桃花盛開吧？最受歡迎的是幼稚園老師，會費一千五，眾人搶著配對哩！照顧孩子的溫柔形象十分美好，宜室宜家自身就是 ikea，主內帶娃，撢掃居家，咦？男人要的真的很簡單？

「愛情如戰場」，我說婚友社是「愛情屠宰場」：曠男怨女秤斤論兩、討價還價，還得自負盈虧，愛喲，唸久了也像一聲嘆息。

作為一個交友軟體的資深受災戶，為避免未來 APP 充斥假人頭假帳戶，線上相親者須赴會館驗明正身，身分證不夠，戶口名簿才知曉你是否尋覓第二春，簽名畫押。還沒完！手機裡的交友照一概不合格，濾鏡太強，美圖修修把包子 P 成錐子，由業務親自拍一張「純」的照片，否則見到本人時如坐自由落體的失望誰負責？科技如何發達，這行業預留真身，漫步雲端之後，總要下凡的。

但是，我們後期加工統一馬克賽。為了格子該有多大反覆測試，總不能雲裡霧裡看不清吧？「朦朧就是一種美，u know？」我不Know。幸虧設定一百道結婚Q＆A，例如預計生幾胎、住岳父母家、有無移民打算……層層關卡你變做印象畫，塞進「甜美可人」或「文青女孩」的範疇，手機螢幕得拿遠揣測長相，有意內洽請給一顆心，每個人僅三顆，獲得配對評分表乙張。分數太低，另尋芳草／花，哎呀！喜歡的人超出預算，請加入正式會員，一天五次配對機會，揭開馬賽克的面紗，疑似真命天子／天女發封信過去探問究竟。沒回？整本農民曆天天是七夕，業務呼喚喜鵲搭橋，一張吃糖的嘴傾盡全力，使命必達！攸關業績豈能兒戲。

我和整間辦公室業務們提問：「像我這樣的條件收嗎？」

年紀偏大、身體偏重、薪水略低。

「送上去嗎？」

「真的！只能送上去了。」

突然，鬆懈舒坦，無論是何種「角色」下場都是「剩菜」，便無須掙扎。

主任遞給我幾包「白桃鐵觀音茶曲奇餅」、「水蜜桃馬林糖」，說是又有一對訂婚了，剛送來的喜餅。撕開包裝精美的塑膠袋，低溫烘焙的蛋黃霜碰上舌尖立馬攤成糖水，過甜，兌半瓶水解膩。我壞心腸地：「希望不會退婚。」

此外，我喜歡中式喜餅。

扎實，鹹甜有嚼勁，會掉芝麻，味覺複雜較有人性。

西式糕點，太甜了，真的太甜了。

●

說也奇怪，軟體動物總跟「別人的媽」談得來，對自己的親生母親守口如瓶，彷彿預先演練各種女性的反應，揣想開誠布公的幾種可能性。

Eve號稱是同志磁鐵，她有種大地之母的寬容，筆下驚濤駭浪的生命經驗，使我覺得她像媽祖，把自己成就為一盞光明燈。中斷音訊幾多年，森林大學高樓拔起，找不著吃飯喝酒吐苦水的基地。我們講手機報方向，踅回十字路口，迢遠的彼端有個戴圓盤草帽、藍染碎花長洋裝、米白薄外套的女子，她朝我揮舞雙手，就像，感覺就像遺失的時光僅僅一瞬。前來的學弟深諳茶道，一杯接著一杯品，喝多了茶亦會醉，開起學生時代的黃腔，Eve笑到歪腰。

K是我老闆，住在矽谷成天飛來飛去，比勁量電池還給力，面試時我突梯一句「我是gay喔」換來她「這裡都是呀」，時差的緣故，我們經常分享正在追的劇，而她是兩個孩子的媽。

ㄩ彼時剛滿六十，對所有好奇之事抱有實踐精神的前衛作家，性，是復出文壇的主旋律，愛寫部落格跟網友相互留言幾百則，和新時代沒隔閡。她想來「觀摩」。那天應當是同志夜店老闆的生日，階梯花籃一叢叢，有點老派的賀卡插在香水百合裡。「跟我同姓呢！感覺就像這店是我開的！」我們這組合在外人看來像母子吧，坐著喝可樂的時候四周發射明顯的關注目光，咻咻咻，那眼神裡參雜疑惑、怪奇與大量的羨慕。連菲律賓監獄都選做囚犯運動的〈Sorry Sorry〉夯歌前奏一下，穿波希米亞風的ㄩ鑽進舞池，招牌的「搓手舞」難不倒她，「搓」得特別賣力。原本擁擠的空間為我們禮讓一區域，許多雙眼睛放光，口哨和掌聲不絕，沸騰之中我聽見有人說：「你媽好開放！」

在櫃裡與櫃外，那「開門」的動作，是需要多少爭執、溝通和接受。

地底下的悶熱躁動，逐漸被空中的電波取代，L從電腦裡活生生走出，從扁平的照片成為溫熱實際的「人類」。他也用同樣的方式走進別人的生命，我想，我們的愛情因犧牲而得到另種窗口，被動的，別人拉開不可言說的把手，讓劇烈的光亮焚燒好久的黑暗，頓時失措如無頭蒼蠅，忘記如何拍翅逃生的本能，凍結於瞬間。類似捉姦在床、類似竊賊遇上警察、類似黑與白的極端對比……當然，同類這一小撮人種是邊緣的邊緣，立場異常尷尬只能穿上黑夜的顏色，躲避查緝。

H由代碼組織為人，華盛頓出生的小鮮肉臉龐白皙，家族競標政府標案生活優渥，桃園住家富麗的透天厝，綠油油的稻浪包圍著，他的母親深諳養花之道，能種的地無不翠綠，連遮雨棚也可攀爬開紫花的軟枝植物。這是多麼令我羨慕的母親原型。對H而言壓力山大，兩個姊姊有一個遠赴上海習醫，交了個女友，跨海微信鬧家族革命。沒多久，他又出櫃，不會傳染的病半年內接連病發。如果C、K、ㄩ的孩子坦誠以告，她們，母親，會哭嗎？

我曾夢見：母親坐在床沿望著我。我從夢中夢醒來，黑暗裡仍可看見她正在笑。「我知道了唷，你喜歡男生齁。」分不清是揭穿，抑或，猜中日復日的兒子性向之謎而笑著說出這樣的對白。我既喜悅又無比歉疚地嚎啕哭泣，母親跳針似地重複那句話，直到我從夢裡哭醒，現實的我臉上溼溼的。

該怎麼解這夢？

但她倒是打量過H，露出笑容，起碼，沒有哭。

我媽，是哪一種母親呢？

Every Eve

Eve：

我對你傾訴這一切，因為你是我靈魂中最隱微幽深的一部分。

六年距離能改變的事情太多：從 Windows 跳槽 iOS，從臺中到臺北，再從臺北到上海，生命微小的點密密麻麻，必須憑靠時間當座標才能串成一條線，我有屬於自己的星象。要遠赴上海謀職前的通話，是中斷我們聯繫的炸彈。我一心想躲，連家人都想拋棄，最好像冷血動物冬眠，徹底與現實劃開界線。

這樣的我還能去哪裡？

Eve，這兒的地方街名令人錯亂：張衡路、蔡倫路、李時珍路、牛頓路、哥白尼路、達爾文路，因是十里洋場外擴的浦東新區，中西發明家化身一條路，街頭與其專長相反，例如華佗路該指引診所或醫院，到底竟是研發大數據的通用電氣。一座城市太新潮是好是壞呢？張愛玲的常德公寓前後林立百貨公司，卡在之中有種違和感，要不是作家鍍金，沒人會停下腳步抬頭一望。它被當作觀光景點憑弔，曾經、這裡有她生活的痕跡，除此之外，它就是個空殼沒有意義。傳統的弄堂變成拍照背景，窗口伸出一支串滿衣物的竹竿，政府推廣「進步城市」嚴禁晒衣文化，大街面目清秀，拐進彎裡老日子依舊老著，多矛盾啊！難怪人稱上海「魔都」。根據字典解釋，魔字有一義為「神祕而不可思議的」，與這座城市的底氣十分相稱，令外地人目眩如看萬花筒。

我們曾共存過的城市也大破大立：中港路更名臺灣大道，妾身未明的新興路是區隔兩者的曖昧界線，縣市合併後它完整了，然內心異常悵惘，雖然實質上並未變動過什麼，一部分的記憶似乎就此佚失。「回來」，都有點不一樣，生活過的路線和風景轉瞬變換，至此應該用「回去」更恰當，來去之間我被新陳代謝了，短短幾年不必為記憶負責。

堅貞的文字也無法作證，時間太快，戀舊之人反而過於滄桑。曾在你研究室失戀痛哭的對象C結婚，甚且生了個女寶寶，讓我鬆了一口氣，沒妨礙他的人生，真是萬幸。重複的睡和醒和平地將我們往前推，貌似尋常，其實暴烈在已無聯繫的他人身上岔出生命線，只是我們不知道。

愛美的E選擇墜樓殉志也是從新聞知道。服兵役時他反抗體制，頭摔破一個洞，住進軍醫院睡在床下，遭醫生認為裝病。退伍後回到這座城市讀研究所，研究張愛玲，那時《小團圓》遺作問世，加深他探勘新事證的決心，近乎著魔。執著的結果卻是找不到指導教授，多次尋死，最終跳落C大學的綜合大樓，生命提前終止，E不會老了。一座城市歷經新舊交替，人在其中或生或死，還呼吸的人該如何確認記憶呢？無論腳踩在哪塊土地，還攜帶過不去的坎，這裡或那裡並無二異，是人出了問題。

Eve，於是你去了拉達克聽法王講經，號稱世上最崎嶇、最荒蕪的山地，海拔超高，極度冷與乾燥，並不適合你生病的身體，去只為了參透更深的不知的自我。

為了記憶的輕盈，鑄成文字放瘀血。

我逃到上海工作等於進自己安排的監獄，在熟悉的地方令我「頹敗」：每天須睡十八小時，浪擲整個白天，夜晚看YouTube，廢人一個。幾天內訂好機票說飛就飛，根本是逃難的規模嘛！我透過網路找到一間離公司車程十分鐘的社區套房，比起蟻族、鼠族算「小資」了，擁有獨立衛浴，樓下有間雜貨舖什麼都賣，枕頭、棉被、洗漱用品一站買齊，當天付房租當晚入住，倉促得很潦草。淺眠的我仍在恍惚，大清早便被瘋狂的敲門聲驚醒，由節奏分析，拍打門板的人不只一人。剛開鎖不由分說，整群穿黑衣的城管雜沓進房，像港片的飛虎隊破窗而入那般有魄力，指著小廚房說不合格，浴室、馬桶、陽臺無一倖免列為違建。他們風風火火調頭走，留下貌似里長的大叔，他說：「這不能住人，明天搬走。」行李少得可憐，走，實際執行起來很容易，我似乎習慣流浪，對安穩強烈過敏，深覺在平凡無害的表象底下暗藏更凶猛的伏流，這是哪種病？幸好我的工作是「體驗飯店」，多半搭著和諧號獨自去甫開幕的星級飯店試睡，深白色的枕頭和棉被新得沒絲毫皺摺，尚未累積「人氣」的房間聞得到油漆味，奇怪，睡得特別香甜，這是在原鄉未曾有過的幸福。

Eve，我們找方式放置不安的自己，和環海的島嶼隔一個半小時的距離，喧囂沉澱下來，很少想起刺痛的事情，連後續也無所知悉。這樣很好。消遣便是去南京東路步行街消化人民幣，最高幣值百元，月薪提取出來厚度可觀，讓人誤以為致富。人稱上海是「沒有買不到的東西，只有買不起的東西」，國際品牌旗艦店聚集在此，強烈的購物慾慫恿我買買買！能到手的限量商品，瞬間令人索然無趣，愈加空虛。求知慾倒是退步，不急著第一手消息地滑手機，電視頻道唯央視、鳳凰衛視，邊聽「新聞直播間」邊發呆，頭條必是主席談話，此後全球消息，好像各省分沒天災人禍，臺灣也很安靜，即使五二〇女總統上任，亦隻字不提。我邊緣化自己，看不見島上新聞的行車紀錄器影像、口水亂噴的政論節目使腎上腺素不容易飆升，十幾個「翻牆VPN」全數陣亡，一道長城給我太平盛世，於我無疑是入住靜謐的精神病院。

不寫「正經事」很久了，暴露過頭的結果是冤親債主來討公道，對號入座指責內容謬誤等等等等，令我身懷愧疚：我的真實並不真，還殃及無辜。網路時代資訊如洪流，Google 搜尋關鍵字，遭時間深埋的訪問、稿子馬上現形，多麼方便又殘酷的指控啊，乾脆退回殼裡取暖。

Eve，你曾替我第一本書寫序，當時困惑「這是誰？」「真的是我嗎？」我面目究竟如何？過了三十，周邊的人或朋友的朋友，突然驟逝，死亡變得具體，彷彿為了狩獵一隻鹿，在平常必經的路徑設下埋伏，你逐漸被包圍，形狀類似同心圓的標靶，箭鏃急飛，日子是倒數在過的，反倒能心靜省視不滅的文字：

這本書的靈感與寫作方向，可以說是相互激盪的結果，外表是家族與萬華在地書寫，內裡則是父親的鄉愁，當父權不在時，得到的並非我們想像的自由，而是陽性的殘缺，陰性的瘋狂。

一眨眼二〇一二年倏忽而逝，生命歷經小死亡，好青春的二十六歲呀！

六年距離能改變的事情太多，我在期間努力活著，當個撰寫食譜的小編，在食材與步驟間徘徊，週休二日才有餘裕寫點東西。寫，真是豪奢的懺悔，再多的告解仍不夠償還，但多多少少能被體諒。

Eve，是嗎？對吧？

Eve：

多麼恍惚，瘟疫逼得這座島尖叫，生離與死別其實是同件事。

你在Line那頭隱微地說：「S走了。」

走了？公司賣了，實踐他環遊世界的退休生活了嗎？

「不是，就是走了，新冠，十天前吧。」

Eve，你的冷靜忍得很痛，不假修飾無須形容，直述一個既定的事實。

待我如父的S先生是個老文青，紡織業起家，百貨店櫃開遍北中南。他十分「優待」我這員工，週休四日，負責寫文案即可，當初無心的一句：「工作是為了養活寫作的夢。」好狂妄的語氣，好奢侈的想望，S背負許多人的流言蜚語毫不在意；或許贈送的散文讓S看透因心而病的隱疾，他嚴格管控我喝含糖飲料和生活作息，「你爸沒教你的，我教！」中午午休逕自朝辦公室報到，自備短褲，露出兩截中年發福的胖腿，舒服地躺在按摩椅。S捧著整盒拋棄式針灸針，彎下腰尋找穴道，這裡痛不痛？痛，一針下去，電流的刺麻感立即亂竄。如此反覆，雙足無一處不銀針閃閃，他解析穴位如說書，影響哪個五臟哪個六腑，聽得我「如坐針氈」，確實該害怕，S先生幾次療程下來，總是威脅：「再不救你，也難再救。」隔日遞交一大罐五苓散，叮囑一次三平匙、一日服三次。他自研南懷瑾發願救有緣人，非常佛心，據說被救者目前兩人。

Eve，你總嘲笑我去做人體實驗，自願被扎者兩人。

S先生曾替我卜卦，預言今年有場大劫，疫情第一次爆發時，萬華成了重災區，我哪裡也去不了，自覺死神無處不在。病毒變種後確診人數破萬攀升，縱然是第九類的「三劑人」，仍天天快篩，漫長的十五分鐘換來一條線。不知我大劫過了沒？

Eve，我總是被愛的那一個，S先生為我大開方便之門，芝麻綠豆奈米事皆是請假原由，厭倦窗外落雨聲，像空酒瓶輪番砸碎我難得的夢境；甚且連你也替我分擔一些罪，居間緩頰，包容社會化殘缺的我，「因為你是曾經的我」。社會無疑是修煉場，非仙非佛卻有阿修羅，聚眾成群的小幫派，邊緣人我擠捏變形。學生允許錯了再來，職場如刑場，最慘就是離職 say good-bye，承認是顆柔弱的軟柿子（你總要我硬起來，好澀，好為難）。S先生的公司我三進三出，第二次走得轟轟烈烈，下跪求老闆放生，因同事R下班前夕吼了句：「除了S和Eve喜歡你，這裡誰喜歡啊？」表面張力晃蕩，溢出水與淚。心理素質不夠強壯，居家辦公冷靜半個月，仍被言語的坎又絆再絆，疾如風清理為數不多的擺設，辜負S先生的好意。近乎霸凌的羞辱，化身惡夢。人際關係一團糨糊，好友單數，整日跟狗窩在房間自言自語，近四十才羨慕被愛的感覺。

四十歲等於走了一半的人生，沒法繼續欺瞞數字，以及數字被賦予的意義。

奔四的我逐漸遭死亡包圍，外婆於疫情前往生，享耆壽九十，幸運沒見著失序的世界。要她掃實聯制、量額溫、噴酒精，成天戴著口罩保持社交距離，應該會讓她鬱卒飆髒話！「居家隔離」四字特別有空間感，坐困自己的愁城，恍若暫停營業的店鋪，突然鐵捲門深鎖，某日不經意它悄然開張。疫世界死亡被量化，校正回歸也喚不回病故的事實，滾動式的去，再無解隔時。

Eve，關於S如何離世你隻字不提，我只能通過其他同事話語拼湊。

善良的S先生五十餘歲，糖尿病纏身多年，罹患新冠兩天便喘不過氣，緊急送醫。據說，關在負壓隔離病房插管治療，靠氧氣瓶維繫生命。短短十日搶救無效，馬上火化，時間過於倉促，骨灰存放廉價的小鋁罐，A4紙潦草標示名字，生死幻夢瞬間而已。知曉他病故的同事少，我亦是倒數幾個獲知消息的，初聞內心如七級地震，S先生如此重視養生，勤於健走登山，還跟我約定好等臺北不再下雨、山區土質不再泥濘，一個月內爬六座山的功課，拚命救人命的S，竟真雲遊四海放長假去了。Line的訊息停留於吩咐我先去中藥行抓十帖藥，並詳記藥方——黃芩、魚腥草、栝蔞實、北板藍根、厚朴、薄荷、荊芥、桑葉、防風、炙甘草——幾錢，一公升的水熬至三百CC，詩意的藥材名，多像遺言，留給我殘破皮囊最後的一帖叮嚀，此後，再無S先生如第二次的父愛：

紅葉嬌豔早清秋
登高山寺皆有求
五蘊行蔭弄心柳
眾生難度佛陀愁
無明苦，幾時休
回想半生危當頭
慈悲觀音幾度救

急登陡坡氣咻咻
未見菩薩淚先流

重看S先生的臉書，文青不死，只是老了，不更新僅是潛水。

再見漁人碼頭已是S先生的海葬。幾位送行的同事皆穿黑衣黑褲，雨了整個月的雨依然下著，篤信藏傳佛教的緣故，沒有師公搖鈴牽亡魂，靜靜地走，靜靜地踱過情人橋。S先生的遺孀年初腳部受傷，拄登山杖緩慢落隊，胸前以金色布巾包裹的骨灰超級迷你，差不多是一個盒餐尺寸，「啊！這就是全部了。」她禁不起洶湧的淚，舉起登山杖K了我的腳，淚水婆娑：「你有沒有繼續看中醫調養身體啊！」彷彿是S先生斥責的語氣，一模一樣，剎那間，熬了整夜的腦袋受器警報大響，因做雷射近視手術缺乏淚水的眼睛，被語言鑿開一口井。

雨中飄搖，船板也如地震，位於震央感官錯位。

Eve你看不出情緒的臉，讓我詫異，你和我皆是無父之人，參與的全是他人的死亡，親近的老師驟逝你留下「以後我們都是孤兒了」，是否彼時就已封閉傷感的連結，拒絕或坦然接受命運的無常？

遊艇「縱橫四海」肩負S先生最後一程，向北海域，離他喜愛的日本近些，疫情無法出國旅遊的時候，他用另種方式實踐想玩的夢想（生者也只能如此欣慰地想吧）駛離防波堤，船體變成米粒大，旁觀者失去對「速度」的認知，望著洋流一條線劃分深藍和淺藍的海，那是生命的分界。對S先生及其家屬跟同事，我們不說再見，撐傘離散。

你依舊腳步飛快，一如下班準時打卡，瀟灑拎起背包，離開令人窒息的辦公室。獨自坐在新簇到顯得荒涼的公車亭，灰綠色的裙襬浸溼，眼神放空地收折傘面，像終於結束一場過於喧嚣的茶會，堅強太久，攤在鐵椅如洩氣的氣球，我們都是習慣孤獨的邊緣人。我走向你，陪你等待不知何時抵達的公車，此刻不宜安慰，旁若無事地聊回家動線，大雨如注，凸顯歸程的難。那輛發光的車緩緩駛進名為終點站卻又是新輪迴的起點，你留下很輕的掰掰，鑽進滿是空位的車廂，走到末座，準備回家。

人世乖舛，S先生預言的大劫何時降臨，已無從追問。然在我的夢中夢見你與S先生的夢太多太多，離開公司兜兜轉轉幾份不理想的工作，白天的夢境重播我仍在低頭寫文案的舊地方，醒來，你的訊息躺在手機裡，問：「死了沒？」果然是Eve的口吻，非常大姊大：「S叫你回來。」

這是我最後一次進S先生公司的理由。

多像浪子回歸！化身父親的S提前教我社會化，以及回來與離開。記得再見他時依舊白髮稀疏，泡了紅棗茶，先量脈搏研究身體狀況，搖搖頭：「再這樣下去不行，你要答應我日行一萬步！」談的竟非工作內容，「請答應我好好照顧身體」，無私的愛如今想來彌足珍貴。

因為很難再有，不會再有。

戴著設定好的穿戴式電子錶，今日須落實三圈活動紀錄，每完成一項機器震動左手腕歡天喜地恭喜達標。沿著新店溪的河堤步道無目的地走，這河流向淡水出海口，我總在完成S生前設定好的數據後折回家，反反覆覆，如跑滾輪的倉鼠，至此不打算未來。

Eve，未來便是還沒來，就算提前預知（紫微、易經、塔羅、星座）也畫不出輪廓大概，於流年中漂流，於水逆中逆行、於犯太歲中犯忌，導致走不到預言的甜蜜之地。現在才未雨綢繆是否太遲了？

Eve，瘟疫逼得這座島尖叫，唯有記憶閃爍發光，足以撫慰如今的不堪。

口罩之下的我們看不出在哭，還在笑。

或兩者兼有，這才是思念的本質，教人哭中帶笑，笑中帶淚。

Eve：

頭髮如有神經會流血，當你剪刀在我頭頂沙來沙去時，上演劫後餘生。

Eve，有些年紀越不耐煩，得滿足公眾視野的標準，擔負他們眼光的重量。

上次漂了深藍色的耳圈染，在那棟多為電子產業進駐的大樓，相較西裝革履梳油頭，我簡直是異類！某天穿了件粉紅色大學T，被櫃檯人員攔阻：「防疫期間外送員不可進入。」電梯依照樓層高低分兩排，我這一側的算熟面孔，up向上的期間，總能從四面鏡子計算誰正「打量」我，不曉得是對髮型呢、眼神呢（戴口罩你還能露什麼）、衣服呢（莫非是近乎透明的銀根紗襯衫），還是拖鞋（拜託！鞋頭炒到好幾千的限量款耶）或者中年發福的身材竟擁有梁靜茹給的勇氣才敢將這些行頭穿戴在身。尤其髮色惹人側目。我的髮絲偏軟，易斷，光退掉黑花費兩小時，換來一顆奶油金，「上特殊色才美！」然洗幾天就斑駁落漆，再進廠維修，「這次試試紫色好了。」美感結合勇敢，讓我那個月午休外出吃飯都像走星光大道，幸虧沒耳語是假髮。

Eve，你依照不同臉型和頭型給予意見，對我評價是「你的奇怪都不奇怪」，反而替我前任剪一樣的髮型，整整五年，H爆炸的自然捲削短旁側分，難道他不適合獵奇的造型嗎？「我問他今天想怎麼剪？他說跟之前一樣，那就一樣囉！」在他二十七歲時我們感情真正結束，不聯絡近半年，H結交新對象，年紀比我輕、條件比我優，只能吞忍戰敗的果實。收拾滿屋衣物，棉絮漫天，他坐在床沿，頭剛理好沒幾日的模樣，兩鬢看得見青青的短毛和頭皮，我若無其事地問：「分手的真正原因是什麼？」「你像孩子，而且心裡還愛著L。」無言以對，因為，H說的全都對。

Eve，埋葬上一段感情多久，才能重新再愛？

「人類不是3C，一鍵恢復原廠設置就好，記憶無法格式化、輕易消滅。這麼說吧！大腦類似記憶倉儲，衣櫃容不下換季衣物，放進真空收納袋，用吸塵器抽走衣與衣、纖維與纖維空隙間的氣體，原本的龐大體積瞬間癟成一片。你誤以為斷捨離程序完成，但是，某件捨不得資源回收的薄外套的口袋裡，掏出逾期的發票，記憶又像吸水的海綿膨脹。『什麼時間會沖淡一切，根本狗屁！』你應該通通捐給街友，讓他們穿著繼續流浪。不過男人喜歡和情人的前任拚輸贏，真的，別小看他們，你訴說越多往事，即使他像耳朵關上，卻是用心記錄。請避免讓現任有機會ＰＫ，輸家永遠是你。H的狀況是又愛又恨，差一滴滴就步入同婚的墳墓，他卻選擇『未拆封產品』，硬碟乾淨啊！不必懷疑枕邊人同床異夢，sou out！」

反躬自省，敲出你的金玉良言，咦？母胎單身哪學的心靈毒雞湯？

「拜託！我的客人三分之二是同志，你know，做這行某種程度像愛情相談室，順帶聆聽疑難雜症。Maybe 身為旁觀者比較客觀，我給的意見就是『叫他去死』，心情像放久糊掉的陽春麵，吃是能吃，但賞味期限過了，口感 like shit！既然是便便，乾脆叫老闆重新弄碗新的，何必為難自己？點首梁詠琪的〈短髮〉給你齁：我已剪短我的髮／剪斷了牽掛／剪一地不被愛的分叉／長長短短／短短長長／一吋一吋在掙扎。」

Eve，生命是輪迴的掙扎：聽完卡帶A面再翻B面；剪完上個月的髮繼續長下個月的份；吃過午飯開始計畫晚餐；將前度殘餘的愛過渡到現任……這世界面目變得雷同相仿，渴望變化，然心底期盼不變。我們總在細微的末節，投射早已錯過卻未實現的願望，人，終究是自私的。

所以活得比恐怖片還恐怖：某天單獨吃小火鍋時，店家藏在天花板音質沙啞的破喇叭，突然，像被氣象局疏漏的一場驟雨預報，從上落下久違的高音，遭舊時光淋得狼狽不堪。亡故童年時代一場車禍的張雨生重複小步舞曲的複沓旋律吟唱「我輕易地結束了一場感情」。我不知如何是好。海馬迴搜尋不到這闋詞，難道是卡帶B面的非主打？手機輸入關鍵字，原來是唱片公司在張雨生逝世二十週年的紀念專輯，收錄的多是生前未發表的Demo。

不存在的人唱新的歌。

駐守原地的人收穫滿腔室的無奈，想像著離去者的後續。

「H帶他新歡來剪過，長得就是放大版的你呀！當下我覺得何苦哩！既然決心丟包換過新生活，幹麼找和前任八十七趴像的折磨自己？我的意思是吃了五年的韓式烤豬五花，換個口味，很膩捏！」

聽完八卦，於心有愧，鏡中的自己怎麼看怎麼不對勁，剪髮莫非也有適應期？如心意轉移至H的剛開始，抑或，H移情另個我，無窮盡的報復，我們變成自己的劊子手，愛恨不存在者。

Eve，我厭倦嘗新，關於頭髮的叛逆期該結束了，費力掩飾的不在意和自我欺瞞太辛苦。如果你問我這次想剪怎樣的髮型，我會說清爽，看得清臉和路就好。電推移除兩鬢的炸毛，蔓草的田園若隱若現，利剪打高層次，快禿的區域請留意，至於瀏海長度見眉即可，幾莖白髮就算了吧！早非小鮮肉，染得七彩斑斕出門怪嚇人的，有需要去美妝店買566染黑就好。你梳起一綹髮，剪刀開始動工，滑落塑膠袍子，每根髮如一命如一口，流淌鮮豔的血，爭先恐後地發言：

Eve一號：倘若無法接納不美的自己，誰要收留？

Eve二號：拜託別讓我變成鬼還要提醒你早睡早起。

Eve三號：請不要再夢見我了，如果可以。

Eve四號：收到來信，我試著原諒你。

Eve五號：假使不是父親的死亡，可能我永遠長不大。

Eve六號：汝就放心去愛，人生海海，驚啥！

……

每一個Eve：對不起。

我喜歡這次的髮型。

謝謝你，Eve。

八十七歲的外婆問我，我愛男人的這款愛情

「汝是不是同性戀？」八十七歲的外婆問我，語氣平和。

灰濁的眼睛凝視著我，那麼近，近得令人戰慄。試圖用笑聲敷衍著時間，她仍坐在身邊，似懂非懂地自我解惑：「不知道查埔人愛查埔人會不會被警察抓？」孫子疑似在外作奸犯科，提著心喃喃自語，最後依舊用那黑洞般的眼睛探向我，快速地抽光周遭的空氣，我像隻活體動物被真空得忘了怎麼呼吸，也無法呼吸。

「是也沒關係，重要的是這款愛情沒犯法吧？」

她剛換全新的假牙，唇齒尚在適應每顆字的準確發音，但很誠心地擔心。這樣的情緒早在說出口前就埋伏了。為什麼可以白紙黑字描述、可以於陌生人面前赤裸坦白，面對一個滿臉皺紋的老太太卻猶豫再三？假使對象是女的，或我是女的這樣的詰問不足以憂鬱，畢竟是質數的存在，世界五％的同類降生各處比例也不是太高。

我放空腦袋歪著想：這跟獨得樂透頭獎沒兩樣，你從一大撥人中被挑揀出來，應該感激，理當慶幸。多大的歡喜，換來同等的焦慮。當外婆欺身宛如交換祕密探問時，她像海嘯近在眼前般等待天上哪個神靈擅自的安排，我滿懷愧對，對我高齡的外婆尷尬地笑著說：對啊。我以為她會坍塌、洩氣，然她只是低頭像個專心的小學生，思考如何解題的神情，然後緊張補問：「真正不會被抓鬮？像汝講得這款愛情？」

說出口毫不費力，感覺輕盈，像閉氣許久兌換氧氣。

我被外婆抓著問「這款愛情」究竟是什麼款？好奇心的終點仍停在不會被關吧。

她的世界觀是務實具體的，生活能否順利進行為優先，自詡一幫兒女都是自由戀愛的產物，歡喜就好！當然砸到頭上的橫逆自己也要承擔。她知道不會有搭車探監的可能後，顯得自在，比我更鬆弛。我頓時想起L，一雙任職高中教理科的老師父母，或許會用科學、嚴謹的方式去檢視兒子長得跟別人不一樣，長壞的枝椏該如何修剪？人生必然要出一次櫃，僅是出來之後腳踩在革命的地雷或回復尋常日子的差別。我又覺得對不起跪在神祖牌前懺悔的L了，他得抬頭面對龐然的家族成員，不像人丁單薄的我家：或早或晚進入更年期的三個女子。

身體突然遭遇變化，使松果體愈發靈敏，五感清晰。剛邁進更年期的小阿姨最早感知我的「不對勁」，吱吱喳喳麻雀舌提起冬天來家裡同住的男友H，分明掩藏得恰如其分，賀爾蒙的氣味收斂得剛好，她就是能辨識情愫的種類。女子們變成以觸角交換訊息的昆蟲，窸窸窣窣的，談論過於流行的愛情形式，接著將結論丟給她們的母親，曲折幾多彎，再把消息傳遞回去。我們拆成「她們」和「我」：我是兒子這詞彙的新變種。

母親應該是被嚇壞了，驚嚇的極致是無言以對。

她坐在藤椅上看電視，晚起的我剛踏進客廳，重播的八點檔旋即靜默，畫面收束於一條光線後的白點。視線沒有降臨在我身上，負氣窩回房間。我成了髒東西。該是囤積爆炸量食物的冰箱空了，連擺放餅乾糖果的角落都令人懷疑：一億隻以上的螞蟻昨日洗劫、遷徙。母親是個行動派，她的愛實踐在「吃」，願意給你超越胃容量的吃食，還沒吃完就補貨，搞得家裡像間便利商店。她的革命委婉卻又踏實，看不見吃不到。

安靜，比潑婦罵街更具殺傷力，滴水穿石地慢慢內疚。

我開始想像一個曾經虛構的母親：在尚未揭開性別謎底前，我誤以為那是真的。午後遛狗順便和劇場導演討論將散文改寫成劇本的事宜，狗日行一善澆溉每棵樹木，行走的範圍就在住家附近，母親踩著淑女車迎面過來。我這導演朋友身高挺拔，有非常漂亮的鼻子，不說話時嘴角淺淺上翹，我第一次見她近乎「失禮」地上下打量，目光棲息在朋友的臉頰頻頻說：「很好。」這畫面被我視作一個友善的暗號，成為劇本裡最後無可言喻的情感偷渡：她將對父親的愛轉移到我男友身上，我們在同個人身上找到欠缺而又熟悉的感覺。舞臺劇演了好幾場，我只看了一次。坐在黑暗之中，燈光所及的動作和對白全是自己的投射，有點羞恥，有點奢侈，瘋魔的死亡換來靜謐的溫馨，難得的甜美被我提取，排除出櫃後的種種崎嶇，「太順遂會遭天譴吧？」我想。然似乎唯有如此才能充當上帝編派劇情：歉疚的同志兒子擁有一個諒解的母親。

現實的我這樣下定決心：閉嘴不透露感情，等到媽媽跟狗都不存於人世，就沒血緣的牽絆了。順利的話那時我大約五十幾，跌跌撞撞拋棄與被拋棄幾回，卻維持單身的模樣拒絕母親安排的相親行程。天不從人願是肯定的，祂要你活著走最難的路。

「你應該給你母親多點時間思考。」

「她說我心理變態叫我去看醫生，我說其實已經看了好幾年。」

「你母親怎麼說？」

「找出你的診所，砸破玻璃，我真的很擔心她跟蹤我來這裡。」

「那就請她一起坐下來談啊！」

母親有多久沒跟我說話了呢？我們作息顛倒，她醒我睡，反之亦然，即使真見面了哪怕壓抑在彼此心底想說的話也沒個泡。事情發生後，她得空便參加大大小小菜市場組織的進香團，唯一一天的休息日跋涉中至南部，某回甚至去了屏東，「講拜神明看覓，汝會變『正常』無。」外婆這資深情報員轉述，母親最近都沒簽六合彩，把薪水鎖在梳妝臺的暗櫃，說是存給你的老婆本。為何別人、尤其是親人的善意，這時變得諷刺？我怎麼會愛上男人、從什麼時候開始……假使命運可以挑選，誰要這種躲躲藏藏的日子？

睡前嗑五種舒壓、安眠的藥，才能逃回夢裡，但我垂釣的胡蘿蔔挑逗不了睡神的興趣，我去河濱公園慢跑，靈魂隨著每次腳跟的離地晃出去幾釐米，路燈的光暈大得像十五月圓。我不知道跑了多久，函洞裡的流浪漢早已睡死，令人打從心底的羨慕，他不需要回家，而我要。拖著身體沉重地走，誰說靈魂很輕盈？我仰頭觀察每棵樹，大而穩當，榕樹的氣鬚纏繞落地，扯了扯挺牢固的，我恍惚地想：掛我沒問題吧？

世上有不被祝福的愛情，那麼，孤美的愛該被讚美嗎？

家裡的人夫哪個真正幸福？

外公逝世上山頭，我還小，跟著送葬隊伍一起哭，我發現哭竟然也是一種愛。披麻人群裡沒外婆，依照習俗，丈夫出殯遺孀只能待在家，要是她選擇同哭道別便是另嫁他人，無意義的漫長等待很可怕，目前她已等卅多年，這樣的愛亦是愛。父親燒成灰後，道士吩咐到場致哀的人請轉身離開，連再見掰掰都不可說，我記得那主業是開小黃的計程車司機輕聲問媽媽：「汝確定欲陪伊行這段路？」骨灰罈安置妥當闔上漆金小門，她雙手合十，生前來不及說的話原來這麼多，外遇的男人死了卻留下活的愛。絕對是風水出問題！一門貞節安安靜靜，丈夫的忌日、清明預備飯菜、餅乾、冥紙，吃的、花的無一掛漏，我騎一二五摩托車載著母親蜿蜒入山，每回她露出類似遠足的愉悅，日後恐怕仍會繼續去。

我異常羨慕被人懷念的感覺：死亡能和解所有、一切懸宕的疙瘩。

我真是生來跟每個人道歉的命啊！事情發生後我一滴淚也沒流，倒是母親淚水氾濫，還說剛出世就該掐死我，白飼呀！包出去的結婚禮金終成泡影，虧本虧大了。外婆極盡誇張的逐項轉述，讓我對母親愈加抱歉：恨需要愛，多大的恨就需要多大的愛。我慣於緘默的母親，再一次被姓周的男人給傷害，並且吐露怨言給活人聽，「她對靈骨塔裡的爸爸說著同樣悲苦的內容嗎？」搭捷運前往公司的路途我反覆想，想不出所以然。

時節靠近過年，公司裡開始洋溢吃尾牙、領年終的歡樂。我是個善於用笑來掩飾不安的人，參與尾牙場地布置和菜色，以及被指派策劃活動，我跟同事C負責炒熱氣氛，會議室裡笑聲雜沓，哈哈地踩遍我全身，我回饋同等聲量的笑踩著自己，天曉得我多害怕今年除夕。

待了兩年的公司年前替存摺多了幾個零。這是我做過最久的工作，上一份遠赴上海半年；上上份是揭弊消費糾紛的企畫，八個月，找議題找證明找律師找記者，開場記者會，看來很正義的職業我媽卻要我盡早離職。她說：「我怎麼每天看見你上新聞，危險啦！」假如寫作是一份正業，那我做很久，不過收入起起伏伏甚且沒有年終，三十歲還在領壓歲錢，家人根本不知道「寫冊」是什麼碗糕，會寫出什麼金礦銀礦嗎？然而這回工作穩定，就像住在非地震帶的板塊，外婆、母親格外叮囑：「這款頭路要拍拚做！」人是否長大，熟了，工作資歷與薪資是檢測的方式：你能靠自己活下去。

外婆是出櫃事件後最淡然的人，比起小阿姨偶發冷箭「不正常」，她希望由她發揚的自由戀愛可以一體適用。百般詢問H家事、住哪，「嬰兒模」算緣投，簡直是挑孫女婿的態度來看待。外婆說要讓我老母不哭很簡單：錢。女兒是她生的，脾氣各有不同，我媽屬於讓她心安即可的類型。

她特別挑了間銀樓，鐵門防禦心特重，得從裡頭由老闆按開關才能進入。我不懂金飾，遑論母親喜歡的類型。外婆輕車熟路說：「阿淑的後生啦！」老闆娘一聽發現是常客，從展示櫃底層端出嵌在黑色絨布的金戒，說是母親常買的款式，簡單、顯大。「你媽媽都來我這裡買，老顧客了啦！」咦？我很少看見母親戴戒子，工作理由或下班直接酣眠，都沒機會亮相。「汝老母有錢就來買，黃金尚值錢，講等汝結婚都攏是聘金！」難怪每次她跟我索討生活費，多到令人起疑，是囥金子來了。我讓外婆挑了個自己喜歡的送她，果真是母女，樣式特大，閃閃發光。因為是忠實顧客，老闆娘計算機七折八扣，兩萬餘銀彈。特別重要的事物，包裝極小，約十公分見方的粉色紙盒，打個燕尾緞帶。外婆以「歲數」作保證，如果計畫失敗，哪日她真真「返去」，戒指成了「手尾錢」回到我這兒一點都不吃虧。

紙袋上印個囍字，重量輕，懸在心上卻很沉。

外婆跟我執行完任務回家，她率先展示食指的金戒，囡仔大漢啊，彷彿購物臺推銷員的開箱文，要讓躲在房裡的母親一字一句聽得清楚。小阿姨聽得心癢癢，偎過來拆開和解禮，加入天花亂墜的行列，母女輪流試戴邊發表感言：水！那頭房裡依舊無消無息，連打呼的響雷也沒有，外婆挑眉暗示：「伊在偷聽，放心啦！自己的後生。」喧囂的讚美詞結束後，我將戒指再完好放回小紙盒，藏在書堆；提款機吐出的幾十張千元鈔依照金額大小夾於不同書中：周芬伶《蘭花辭》三萬，柳美里《家夢已遠》一萬，郝譽翔《逆旅》、陳雪《無人知曉的我》各五千。

今日除夕。從未考慮變化的菜色再登場，神龕的菩薩和祖先混著燃香先吃，燒過紙錢，祭祀用的三盅米酒順時針淋於灰燼，才輪到生人享用。分明醒著的我佯裝睡著，聆聽門外每道菜水深火熱的聲音，陸續有人開門，離家的全來團聚。我最討厭這時刻，我的姓氏像是放錯位置，硬生生塞進母系家族，啞口吞食越快越好，離開餐桌是唯一的目的。飯在嘴裡，又有人旁敲側擊：「交女朋友了沒？」號稱同志票選團圓飯最厭世的話題逃都逃不了。沒有。什麼時候要交？看看。你屬牛再看是要看多久？就像用打火機點燃鞭炮的引信，劈里啪啦，接連引爆。

從前可以敷衍，但今日不行。

一樣的家人一樣的菜，異樣的氣氛。大家安靜扒飯，唯獨外婆伺機補問砂鍋魚頭要不要加湯。這菜是四阿姨帶來的。她是個為愛走天涯的女人，拋棄富裕的婚姻舒適圈，愛上原先在我家巷口賣快炒的中年男子，吃出感情，借地下錢莊的高利貸過苦日子。砂鍋魚頭便是男人煮的。她有副裝了喇叭的嗓門，保有以往六合彩組頭的氣勢，姊妹幾杯啤酒下肚，順勢發難：「你是當男的還是女的？」問題過於尖銳，瞬間刺傷坐我斜對面的母親，她開始哭，無聲的哭。阿姨補充說明：「就是在床上啦！」喔，女的。「哇！慘啊！做查某較吃虧。」我媽哭得更淒厲了。「難道不想跟女生『試試看』？」我回跑路阿姨：「如果要你跟女生『試試看』你願意嗎？」她圓睜大眼，爾後視線轉移到母親身上，斟滿彼此的啤酒，杯子互吻作勢乾杯：「沒法度就拄著啊！」

「兩個查埔牽手足歹看，我煩惱伊會乎人笑……」

母親淚眼婆娑地瞪著我，逃避彼此的時間醞釀這麼一句與己無關的話。

小阿姨早有預謀掏出低畫素的雜牌智障型手機，點出資料夾裡的 word 檔，是篇發表在副刊的文章。內容頗為限制級，我不知道她讀懂沒，下載日期倒是挺久之前。「這攏是汝寫的嗎？我早就懷疑網路頂頭的人是汝。」三姊妹艱難拼注音，找字難，索性手寫，谷歌顯示的搜尋結果指尖滑不到底。赤裸裸的感覺，誰先用拙劣的國語朗讀的呢？又是哪個聲音喊了父親的名字呢？飯桌上我成了隱藏祕密的小偷，夜晚沿途種夢，文字蓋的詭異家庭攤開之後不堪聞問，真想挖個洞當隻鴕鳥。眾人彷彿檢視換季衣物有無蟲蛀般，把我拉回小朋友的時空，那些這些「查某體」的舉止，都是有跡可循的基因碎屑。

「莫怪當初汝阿爸彼邊有人打電話來罵，講汝在報紙黑白寫。」

「汝老爸若是活著，一定氣死！」

我回憶起父親罹癌末尾能走動的時候，就坐在這個客廳，談論我的第一本散文，比所有人都早看穿瞭然。我說：「伊早就知影，還講失禮。」被世間除名前的道歉，使我釋懷。母親直呼不可能。然燒成灰已然七年的父親該怎麼證明？

我試圖勾勒那個黃昏，他坐在沙發，剛飼養的狗在他身邊聞嗅，接著「騎」上父親的手臂。小阿姨似乎記得有這回事，頻頻說對，有印象喔。母親停止啼哭，「伊攏知影，我遐後尾！」直男父親默認的愛情形式，被分成兩種解讀：一是他病重管不動，二是我壓根聽錯。無論是何者，都是無法重現的一場和解。

「這款愛情汝就乎少年人自己去處理。」跑路阿姨如此說。

「恁的愛情我攏乎恁自己選，一人一款命。」外婆為一家婚姻傷兵下註解。

我把戒指和紅包遞給母親，她已經停止哭泣，拆封，戴上老花眼鏡端詳指頭的金戒；抽出現金，數了幾次，分裝至事先準備好的紅包袋，分送一屋女人，彷彿心理諮商後繳交費用，喝酒喝出笑。

除夕特別節目豬哥亮仍舊在搬演《嘉慶君遊臺灣》的短劇，分明，離開人間了竟還在恭賀新禧，太錯亂了！她們倒是看得饒有趣味，好似時間的河流沒有沖毀熟悉的事物，人抑或是時空停格於最美好時，並不存在悲傷的痕跡。

這個團圓夜，老天爺額外慷慨，喝光兩手臺啤的母親瘋癲地說：「欲娶阮子可以，聘金先傳好！」一雙股纏繞狀的戒指一直載在母親左手無名指，我想，今晚讓她哭的人除了我，還有別人。

深覺被命寫壞的我，希望這不是夢，如果是，請讓我別太早醒。

三點水

玻璃彈珠輕輕放在地板，它陰暗地滾了過去。

傾斜的屋子年歲已高，教它如學生朝會挺直腰桿不大可能。剝蝕的磚牆，外露的水管，發霉的天花板。假使房子有意識，應當病痛纏身，唯有都更投胎一途。是否超抽地下水導致？貌似清澈，實則含礦物質、沙石、微生物，日積月累水管內壁沾附苔蘚及水垢，熱水器斃、洗衣機斃，遑論燒開水飲用了，那是拿生命開玩笑！

老舊的三層透天厝，產權比掌紋複雜；生命線上有人凋零，感情線上有人婚嫁，離開的人越來越多，剩下的依舊啟動幫浦超取，超出地底能供給的極限。又不是探勘石油的風水寶地，再抽，便是混濁難堪的真面目：驅使走與不走的癥結。

走，你發現「沒有對比就沒有傷害」——家，不能回。不走，你妥協敗壞腐朽——家，尚且能住。離開又回來的人，壓抑慾望，萌生繼續流浪者計畫。我是第三種人，來來去去，才明白「三點水」是最糾結的筆畫，寫起來簡單，生活起來卻很難。

洗澡難

提著換洗衣物跑到家後提供給街友盥洗的「香香澡堂」。霧面玻璃門，懸著溫泉符號的招牌，外牆書架擺放幾冊公家機關的讀物，澡堂緊貼著一間中等規模的媽祖廟，這，很難不令人對它充滿好奇以及更多的懷疑。改建的過程中，遛狗經過，招牌♨圖案率先點亮。地理位置的關係，我誤以為是間即將開幕的包子店，畢竟許多夜間擺攤的商家白晝多數棲息小巷，平凡的鐵捲門後，藏著日賺斗金的排隊美食。順勢一問，才知道日後它會是間「澡堂」，整修緣故，一眼望盡格局，日式澡堂無誤。心裡感到失落，包子和洗澡，吃比較實在。

現在問我包子和洗澡誰重要，肯定、絕對是後者。

幾十年仰賴地下水，再是滿水位，涮過三代人，終究面臨乾涸。馬達拚老命地汲取，蜿蜒管線，擰開水龍頭竟是一場微型土石流：真像是吃壞肚子的悲狀。

這口井堅持得夠久了，罷工於溽暑。盡量克制移動的步伐，待在冷氣房減少流失的機會（或流汗的ml數），無水原來亦有降低食慾的副作用，內急得跑公共便所……動彈不得，在稱之為「家」的地方。母親和小阿姨搜羅最大尺寸的空瓶、鐵桶，向鄰居討水，裝滿，扛回浴室倒進澡盆，如此反覆，純手工灌滿一日水量。搬運工的我，腋下和每層不透風的皮膚皺摺彌漫發酸的惡臭，水資源極度匱乏，個人洗澡個人「擔」：去運輸幾桶水回來，否則一切皆為公共財。

視覺年齡很 young 的志工聽聞我落落長的「辛酸史」，並無顯露「啊！你不是街友，只是停水來洗澡的住戶」的神情，彷彿我也被歸類到真正的游牧民族。哪怕塑膠袋裝著洗髮精、沐浴乳和浴巾，來到此處，無須交代細節，每個人有每個人刻意編織的謊，沒有人應當去揭穿真假。到底，僅是借用熱水時光與空間，洗除快結晶的汗，活脫脫回復「正常人」該有的模樣。

我分配到一間小套房浴室等級的「隔間」。褪掉衣物，準備就緒，朝外喊：「謝謝可以投幣了！」免費一幣換得二十分鐘，蓮蓬頭畫出透明的虛線，虛線冒著煙，還有淡淡的氯氣。其他空間陸續填滿需要沐浴的人，開始流淌歌聲。慢條斯理地刷牙、洗臉、洗頭，香氛沐浴乳擠在繡球花般的沐浴球上搓出雪白無瑕的泡沫，好香，連堵塞的毛孔亦明白甘霖將至的喜悅。時間堆積的汙垢，隨水，於我脖子做水源地，向下流經胸與背與臀與腿到趾頭，其間聚散分支，最後匯集排水孔。

這樣的小確幸，是我夢寐以求的大幸福。

難怪我渴望愛情，貪圖的或許不是不再孤單，而是租賃一間學區的小套房，每天得空洗澡。網購不同品牌不同香氣的瓶瓶罐罐，維持一個「正常人」的樣子；或者塑造他人看待我時的假象。被水洗滌中的我才是我，億萬顆水珠凝結在髮尾，如涉過暴雨的狼狽，無人知曉渴慕洗澡是我人生清單裡的第一項。洗到大的地下水有股土味，水質滑滑的，沖淨後皮膚仍像覆蓋層膠；珪藻土腳踏墊積累腳印的泥輪廓，始終不潔。命理名言「桃花為水水為財」，哎，汙濁的水栽培滿樹枯枝，更別提是個月光族，感情、錢財沒一樣留得住。

離開的賊，統稱前任，他們偷竊我擁有浴室的夢。

年近四十看得比比目魚還開，至今才領悟，我要的只是洗場乾淨的澡。收拾發餿的衣物，怎樣來怎樣去，門前聚集和我一樣提著塑膠袋的人們，已經沒有區別。志工善意提醒我澡堂的營業時間，「我家暫時停水啦！真的！」心底跑馬燈時速一百二十公里狂奔，話語卡在喉嚨，嗯嗯嗯嗯。於他眼中，約莫、估計、似乎、可能看透我的本質：目前無家可歸的流浪者。

踏出澡堂門，誰不是各奔東西，過日子殺時間，在自己的旅途躊躇一段路？

我們都在逃離命運的象限，尋覓一處安身立命的過渡：「如果某日真的落地生根，浴室是萬萬不可缺少的！」幾坪大的空間，掌握雨的溫度和強弱，你是自己的老天爺，這感覺真棒！想起來就聞到一股草本香！

洗衣難

到後來，衣櫃沒有一件白色的衣服。

添加漂白水。浸泡小蘇打粉。滴白醋。網路各種「洗白」妙招使盡，淺黃色斑猶如一朵附贈的桔梗，綻放得理直氣壯，逃逸四季，寄生纖維。塞進櫃裡，想到時拿出來再清洗——難以執行斷捨離——網友提醒陰乾，且鋪張衛生紙，步驟繁瑣不說，那花，愈發明目張膽，可憐的川久保玲愛心T-shirt，最後變成浴室的踏腳布（踩得「心」疼）。至此朝盜版的三宅一生發展，從頭黑到底，把自己穿成有厚度的影子。

地下水含豐富的鈣和鎂，故為「硬水」，易成水垢，難怪總洗不乾淨。

母親節豪擲千金添購的不鏽鋼槽洗衣機，快洗變慢洗，幾件內衣褲洗得天荒地老，不如簡單搓個幾下完事。龐然大物占據浴室一角，全方位的高科技，徒剩離心力功能。進水口數月積累鏽漬，滴滴答答如無能為力的膀胱，流速和色澤皆像人體的排遺，新成員瞬間蒼老，連接的管路盡是黏糊糊的渣垢，像消化道有問題的病患。

都怪水太硬！養育一戶太堅強（逞強）的性格。

外婆過世前，她尚且能緩緩如螞蟻的小步伐，前往鄰近小學投票。路不遠，倒是歇息幾會兒，佝僂地坐在媽祖廟的臺階，用力呼吸，額頭凝結不屬於冬天的汗珠。像十級字的逗號，她整個人明顯「內縮」，惜衣如金，那一百零一件的行當是她午後散步時常穿的舶來品，霸王級寒流讓臺灣成了凍番薯，她仍穿短褲，趿拖鞋，露出竹竿腿和正紅色的蔻丹。問題出在，衣服太堅硬。你幾乎能想像它掛在衣架晾乾的模樣。硬水使然，纖維如地球儀標示的經緯無法更動，主人清癯了，它反而慌了神，撐不起該有的肩線。太硬，垂墜於外婆消風的體態，究竟是衣服不對還是人不對？如果是衣服的問題好解決，後者問題就糟糕了。全家人一向避「醫院」而遠之，破病光抽血、注射點滴……去了就是折磨的開始，磨到最後拜託醫生：「應該能回家了吧？」老太太幸運逃過幾回，換回一百零一件滿分黑色雪紡紗。這次她始終穿著醫院的淺綠色病患服，毫無個性的剪裁和設計，她看來與年近九十的老人家無異，沒戴假牙，整張臉內凹，唇邊爬滿深刻的皺紋——從外到內，堅硬的事物一一拆卸。

這才是「不堅強」的實相。

一件硬水洗滌數載的衣服，盡顯歐巴桑的 In Style！

睡在棺木裡的外婆穿著民初旗袍，每日反覆擦塗的鮮紅指甲油被洗掉了，白臉龐停駐兩暈下手太重的胭脂，白襪套著功夫鞋（怎麼不是繡花鞋），以我對外婆的認知，如有靈，她肯定不忍卒睹，哭倒棺槨旁哀嘆：「人生最後竟然不能穿喜歡的衣服！」

整理遺物時，外婆換穿的服裝少得可憐，折成豆腐乾壓在抽屜。攤開須花點力氣，不似衣物該有的柔軟，彷彿其有意志，維持主人的身形。人剛走又不是探勘古蹟，沒道理脆化？抖擻上衣，凋落一截袖；抖擻短褲，飄揚一蓬灰。這批地下水「養」大的非生物，似乎早在第一次下水後便喪失魂靈，堅持不懈地貼在主人的肌膚，透過溫度和水氣，續它們的命。如今功成身退，也不必強裝體面，綻線和毛邊和破損，毫不避諱地給活著的人看。

堅硬的水洗硬衣物連意志都順理成章地不甘示弱。

絕不輕易揭示柔軟，即使自己真的經不起一句話的攻訐那般的弱。

唯獨你赤條條將自己鎖在浴室，拉扯每條纖維，期待奇蹟發生。沒有。泛黃的水中花恣意生長，猶如無能換置的記憶：一滴失控的醬油，某時某刻降落衣角，放大災難的格局，再是起手無回。裸身時，才能全盤接受自己的軟（包含中年發福的贅肉與脂肪），洗到眼角泛淚。

我羨慕超商、街頭穿白襯衫的業務員，他們盛大且明亮，令我多看幾眼，發愣：「怎麼洗的衣服？」衣領袖口不留汗漬，清白且長壽，好似做人就該這樣。

微不足道的羨慕，凸顯我只能站在最陰暗的陰暗處，投射貪求的成像。

實在，實在煩躁，索性把白衣扔進沸水煮！加點鹽和醋，手癢再來一瓶蓋的漂白水，彷彿在烹飪著不得了的星級美味。不就是網傳的「洗白」大絕，無效的話，留言刷一排「放棄吧」。蓋上鍋蓋，溫火燒個五分鐘；時間到掀蓋，轉大火。衣服的局部隨著一球球的水汽滾動，筷子戳幾下，瞥見頑強的黃斑，再多些鹽和醋，繼續悶煮，頗有大廚架勢。

真心不捨衣服就此報廢，望著雙耳大鐵鍋，聽見沸騰的尖叫。

「好像在煮自己喔！不曉得熟了沒有？」

喝水難

肥胖的DNA騙不了人，瘦到骨架清晰可見的大阿姨如何解釋？

無畏地下水的汙濁及順著水管運輸而至的浮游生物，於她恍若恆河聖水，年久月深服用，膚色色階黯淡，十足的黑美人，她的瘋狂和水有關嗎？

日飲兩千CC水有益身體健康，可我家的水被排除在外。某種意義而言，它像是居家重要的擺設，少了生活愈發困頓，細究又喪失諸多基本的能力。這些年來，跑檳榔攤報到，整箱十二罐雪山礦泉水騎摩托車載回家。瓶身標示「天然純淨」，怎麼看怎麼不對勁，註解寫：地下水體（雪山山脈地底二九一公尺）哦！不也是地下水？臺北市寸土寸金，萬華再掉價，一坪也有七字頭，原先為大水湖的盆地照理蘊含鑲金鍍銀的水資源吧？莫非幫浦不給力，或者管線得加長百來公尺，朝愈深的地底探勘，才有滋味甘甜的好水喝？

渴求自來水的議題，偶爾浮上閒話檯面，尤其外婆過世後。一家之主換我「無為而治」的老母擔當，家族成員散的散，駐守的已無處可去。這裡，類旅館。只提供不乾淨水源換洗，喝水去巷口買瓶裝水，謝謝。

當喝水成難事，喝別的代替。母親的小高粱摻和礦泉水，睡前醉得茫酥酥，怨懟湧上心頭逼出淚，那淚，純度百分百，絕對能喝！不飲酒的日子，沙發旁站著茶花綠茶（聽說可以減體脂而喝）、冰鎮透涼的沙士（太悶太苦補充點糖分），母親至理名言：「同款的錢，當然欲飲有滋味的！」水，轉變為各種代替兩千CC的必需品，我們這家人離「真正」的水好遠，迷途於挖掘正確水源的路上，岔出解渴的新品種。

與我共事的朋友，大多知道我嗜喝無糖可樂，別人喝咖啡提振委靡的靈魂，我靠可樂的咖啡因，殊途同歸；不同的是，它是我的水。賣場兩公升裝破盤優惠價，拿ikea購物袋一瓶瓶裝，結帳時站在身後的老外朝我比大拇指：「Cool！」從它本名健怡到zero，我不離不棄，縱然老闆語帶威脅：「你知道可樂洗豬腸很乾淨嗎？」本人仍不改其志，洗就洗，反正這身體裡外從未乾淨過。我甚且浮想聯翩，這輩子喝過的可樂（應該）（沒問題）可以填滿一個游泳池，泡在嗶哩啵囉的二氧化碳中，遠勝一萬隻溫泉魚吃腳皮的快感及去角質的效果哩！然公用冰箱鎮著兩罐大 size 可樂，著實嚇人——我是怪物。老闆鑽研中醫，隨緣救人，我是他戮力最深的病患，晚睡晚起溼氣重，嚴禁可樂進公司，一律喝水。

那就買臺氣泡水機吧！

茶水間的飲水機慷慨填裝空寶特瓶，便利得讓人泫然欲泣。

打卡下班提著四公斤的水搖搖晃晃從捷運的末站返回市區。略微冰鎮，倒入特製的ＰＶＣ容器，按壓注氣，液體瞬間如沸騰，充盈數以億計的微小氣泡。擰開瓶蓋，嘩——的洩氣，簡直是鼓舞人心的美樂蒂，撞擊耳膜，傳遞佳音。沁涼的起泡水如起床號，喚醒口腔沉睡的受器，搖滾而狂暴，一路竄至腳尖的歡愉。樂得我天天飲，舌尖味蕾如興奮的海葵。

可惜二氧化碳成本太高，網購幾次荷包大傷，化腐水為神奇的機器堆起灰塵。

飲水難，回歸沙漠裡的仙人掌狀態，遇天降甘霖絕不羞赧地：「可以多給一點嗎？」這話廣泛運用於買碗餛飩湯等餐食，此為補充水分的捷徑。某些餐廳設有飲料Bar，杯緣輕吻壓桿，它無限量供應乾涸的渴望；我一直、一直將擁有自助式飲料機列為人生必需清單，但前提是家裡的水得要能喝，否則再卑微、花個數千元便可實踐的夢想，依然如遠在天邊的一朵積雨雲。

「夢想」一詞字典如是說：「夢想，是對未來的一種期望，指在現實想未來的事或是可以達到但必須努力才可以達到的境況。夢想就是一種讓你感到堅持就是幸福的東西。甚至其可以視為一種信仰。」線上辭典過於感性，抑或，單詞本身就迷幻，導引這般詩意的註解呢？我被幾組關鍵詞吸引——未來、期望、幸福、信仰——沒錯！這即是我對「水」百般遐思的源頭。

經過家外的夜市，生猛快炒火裡來去，店家綁馬尾的年輕女孩手持一條橘色水管，填滿水光粼粼，結凍的吳郭魚投入其中，連結管子的鍍銀水龍頭不吝嗇地持續兌水，好似經營水族館，僵死的魚下一秒就會甦醒，搖擺尾鰭。我尋著管線探查，水源的終點皆潛伏鑄自來水處的鐵箱子。這是我地理篇幅有限的《水經注》。

水在城底流，就在我步行的路面之下，好近，好遠。

奔波勞碌申請自來水，產權複雜的透天厝住戶各自四散，有的已在天上飄。這家沒我的份，雖身住在此，名義僅是委託人。有名無實的家，其實是水泥盒子。當初父親佈置一屋明管，是偷吃步的懶散做工；如今決定換新與否又感麻煩，新水接舊管，有水為首要目標！

望著毫無章法、欠缺美學概念的父親，他後現代工業風的手筆，我忽然能理解管線裸露的意義：注定排除在外的明喻；隨時預備潛逃的念頭。它不是建築主體之一，而是附屬的通融，這會不會是偷懶所顯露的淺意識？我們在不同時空的三十八歲做了同件事：迎來了水。

無光無止盡的甬道，充盈氣水，穿越時間而來，吐了一池嘔吐物。

到頭，實現夢想反而更像夢：我洗了好久好久的澡，任由水龍頭宣洩壯闊的水花，水煙充斥氤氣，朦朧的宇宙迸發，我掉進一座無邊無際的泳池，彎做胚胎，什麼也不做，除了呼吸：呼吸由磁磚縫隙滲透的氣：揣摩未降生於世，待在羊水的安穩，做天使該做的夢。

非常遺憾，誰都忘記天使做過的夢境。

遺憾的是，我們曾經都是天使。

輯三——超譯註釋

B面

多愁善感想太多。無糖可樂當水喝。購買超額的奢侈品。還在繳交剪掉的信用卡卡費。耽溺韓劇的浪漫情節。勇於嘗試各種醫美科技防老。一天抽一包菸。懶於出門寧願睡。致力分心。戶頭常剩取不出的零錢。他人的A面，首首主打，我卻著迷袒露自身的殘缺與不美。

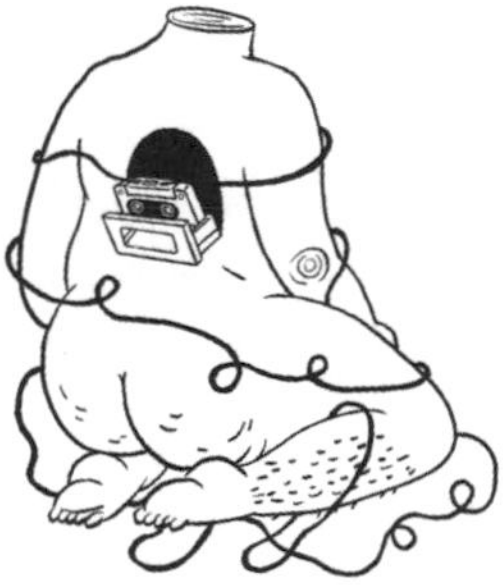

對不起

字面上來看，橫豎它都太真心了，再生氣的心也會暫時偏袒。用聲音表達時，搭配低沉的語調，令人無法招架。年輕時我時時刻刻使用這詞彙，避開不少劫難。累積些歲數後，我拒絕輕易致歉，前提是不可做了非說這話的事。我覺得以前的自己太狂妄，以現在的心態檢視，根本罪無可赦。

儀式感

縱然天要塌了，夜幕尚未降臨，就任由它末日吧！我是不會起床的。積習難改，我不追求中發票的小確幸，按照自己的生理時鐘活著才是大幸福。悠哉地看著午夜新聞，頭條快報即將逾時，再大的憂傷與歡喜變得事不關己，去二十四小時營業的賣場吹冷氣，慢慢地觀察昨日的世界。

安睡

我很喜歡研究人睡覺的樣子，五官的筋肉鬆懈下來，呼吸節制，鼾聲除外，我認為睡得香甜的人真幸福。我十分淺眠，吃兩顆安眠藥亦無法保證一覺到天明，形成分段式的睡法。整個人像顆沒吹脹的氣球，容易癱軟，覺得身體被掏空。我衷心羨慕這遺失的「先天本能」。

漸忘

父親入住安寧病房的某日，護士請我幫他洗澡，兩人扛著孱弱的男人進按摩浴缸，刷洗厚厚的垢，他舒意地享受。護士掏出數位相機說要父子合照，場景、情境實在詭異至極。爸爸滿口好好好，我的表情肯定很尷尬吧？我從未看過那張被時光定格的照片。致電父親過世的醫院詢問，聽了段罐頭音樂，女聲回覆檔案夾裡沒有。有些遺憾，我遺忘他笑的樣子了。

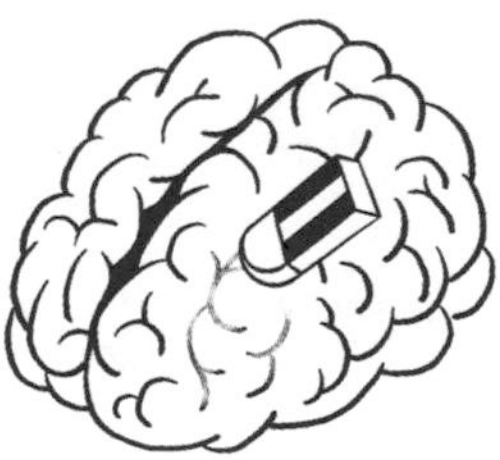

人影

每回看到新聞把某人的長相跟「名人」對比，擅自評斷相似度多少，立刻轉臺。這種類似的習慣很不好，彷彿你是分身、影子，你做為個體的意義消失了；況且毫不客觀。家族聚會時也常聽見：「你長得好像你年輕時的爸爸啊！」情有可原的普通話題，我卻反射性地抵抗，否認眼耳鼻口無一個依稀、彷彿。在我身上找到過世之人的影子，或許對別人會是安慰，但我瞬間寒毛聳立。

媽媽

各國語言中的爸爸或媽媽發音都很雷同，真是奇妙。我看電影時最常聽見「mama」，小孩在學校遭遇一點挫折，回家找母親討拍，真是奇怪，仔細想想好像真是如此。診間裡老到不能再老的長輩，護士替他抽血，見識過人生百態也得喊一句：「媽啊！」媽媽更廣泛運用於對峙爭吵。詞彙意思複雜，現實生活中的媽媽同樣難以猜測。

鏡像

日本有則都市傳說：每天十次，持續一個月，對鏡子裡的自己說「你是誰」，實驗者愈見消瘦，最終崩潰，而鏡中反射詭異的「獨立人」。我非常害怕鏡子，它不留情面告知我胖了、老了，衣服穿搭失策，跟我背道而馳的叛徒！但你又不能沒有它，它又無所不在，只好自我催眠：「這不是我。」講了十幾年，仍舊老樣子，傳說畢竟是茶餘飯後的消遣。

自序

常常翻閱書的「序」，其存在比起內容更純粹的線索，像是給讀者交代。我自己的書邀請過朋友寫序，事前完全不知底細，審稿時或啞然或驚異他記得我非常微小的小事，「原來他是這麼看我的呀！」坦白說，比作者寫得還真切呢！不曉得對方滿意我寫的序嗎？聯想至此，心又複雜起來。

雨

適逢上海開國際會議，霧灰色的天空難得藍了好幾天，同事說被人造雨洗乾淨了。太不可思議了！雨始終難預料，氣象局預報最多是百分之幾，看到五十％時我特別氣惱，究竟是下不下？我喜歡雨下在沒有約會的時候，最好睡覺時便偷偷降落，敲打在遮雨棚的雨聲非常悅耳，轉醒後，望著朦朧的窗景發呆，似乎能把你帶到很遠的地方。

啟蒙

這是一種高端的讚美。你之所以為你，不是媽媽懷胎分娩的。而是某人、某書、某理念，那裡矗立璀璨的殿堂，必須經完成似宗教的儀式，腦袋的宇宙迸然誕生。既定認知反覆遭推翻：人是喜新厭舊的有機體，未知領域中被撩起的興致，使你轉彎，開了一個竅。終生不斷挖掘，人在無形的田園裡栽種新品種，即使豐收結果，回首，第一株長得令你疙疙瘩瘩的。

世故

翻辭典的時候赫然一驚，這詞跟我體悟有出入，原義是「熟悉人情，處事圓融」，相反詞卻是「天真」。咦？愈看愈不對勁。假使意義美好，站對立面且是全人類公認保鮮期最短的優良品行成了「肆意妄為」的分子。活久一點，油條遭人詬病，和「天真」放在天秤，估計，許多人會選擇前者。

身分

對自己有利時最好的殼。每個人有超過至少兩種以上的身分，視情況宣布地位更高的稱謂；也是區隔敵我的界線。這種流動的自我認同過於濫觴了，偶爾我會有意脫口說出某個任職過的職位，掩人耳目，使自己在場合裡顯得不突兀，就怕顯眼。有人則是為了炫眼。

褻瀆

在二手書店看見自己的書，手癢去翻蝴蝶頁，就是一本書正文前後各兩張紙。出版時熱騰騰地署名寄出給心儀的作家，盼望指正，字就簽在上頭。有本少了一頁，好暖心啊，起碼這人毀屍滅跡的功夫做齊全了。有個文友會在折口寫編號，縱使收件者讓蝴蝶斷翅，仍能知道負心漢是誰。寄情的舉動卻以悲壯收場，冒犯了他的文字，弄髒他虔誠的禱告。

改版

聽聞某作家前輩說過，等書再刷時要糾正錯字，或某條不通順的句子。令我十分欽佩。「重新再來」物質上行得通，厭惡長相去整型就好，可血緣上卻是死胡同。例如我媽生氣罵我：「當初不應該生下你，早知道掐死算了！」世界上很多事情難以挽回，再來，沒有想得容易。

過節

有點倒楣，又被「冠名」於某件八卦的散播者了。八卦是難以追本溯源的，數不清的悠悠之口，聽者有人流傳，有人當耳邊風；年紀稍嫩時，我是前者，被視為寇讎，已不知流轉幾手，我倒變成始作俑者，我根本不認識當事人呀！跟飼養宰殺的家畜無異，順理成章為祭品，這是一種莫名的節日。

說謊

有人將謊言分作「善意」和「惡意」，尤其，前者是近來很常聽見，大意是為了某人好而編造的話術。我覺得偽善，謊話就是欺瞞啊！這是無庸置疑的。對我而言，「謊」需要消耗不少腦內啡，才能讓人誤以為真，但唯一的致命傷是：你知道是假的。尚未被揭穿前，總要提心吊膽，這樣的日子像活在地震帶上，惶惶不安。我替說謊的人感到煎熬。

失落

現在讀書不知為何，字，會帶領我走向其他意義，失落便是。我不把它視作孤單寂寞的屬性，比較像雨水填補看不見的水泥坑洞，粗心的腳掉入陷阱；搭雲霄飛車或自由落體懸空的腳，被離心力左甩右甩，「足」不由己……徹底跟腳的意象結合。如同它帶我亂想，這單字似乎天生有腳，帶你走向歧異的迷宮。

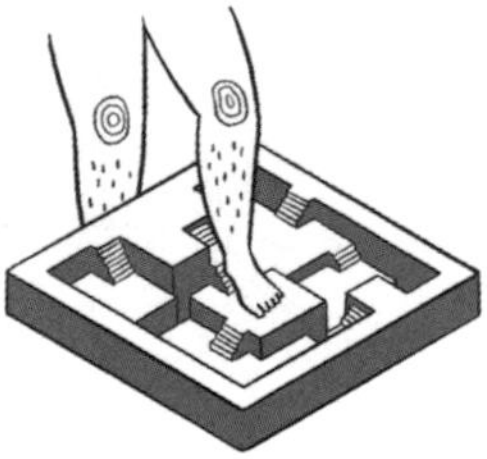

活著

非常多朋友傳達某人問我在幹麼，不見很久囉！每天寫文案呀！賣的東西千奇百怪，針對不同受眾「揣摩」心境，練習從想要到必要的話術。每當聽見友人／有人不經意探詢我的下落，便乖乖寫篇稿子 mail 到副刊，頗有「本人尚存」的意思。然而，他們不知曉的祕密是，他們可能很常讀到我寫的廣告文案，生氣蓬勃哩！

櫃子

小時候我喜歡躲在櫃子裡，沒有特殊理由，衣服的霉味格外舒眠，不小心便會睡著。長大後我發現一件真理：離家的理由迫使你入住不怎麼大的套房，埋藏自己之必要可見一斑，依據經濟能力，櫃子越換越大。

馬桶

看過報導寫梅豔芳一天要花兩小時坐在馬桶上沉澱心靈。我似乎能切身感受，並大力讚揚此舉。比起燈光昏黃的書店、咖啡廳，營造的文藝氣氛，根本不可能久待，遑論扛著筆電去尋找靈感。讓人放鬆的所在，第一名是浴室，浴室裡無怨無悔的馬桶比磐石穩固。有朝一日，辦公用的椅子全換成馬桶造型，員工絕無靈感枯竭之時，也很適合反芻生命真理和懺悔。

吃錯藥

我衷心羨慕早睡早起的上班族，他們鋼鐵般的意志不管我怎麼揣摩，至多兩天便打回原形。試圖早些服藥就寢，一口氣吞下七八顆雪白藥丸，進步的醫學碰到老身體效用也遲鈍了，真有睡意天色已然大亮。我拎著不屬於我的身體塞進捷運，感知 delay 幾秒，腳步輕飄飄，靈魂出竅般心不在焉。同事詢問我身體狀況，肢體看來極不協調。盤桓雲遊的元神瞬間歸位：「沒事，當我吃錯藥。」

焦點

依然懼怕小便斗。現代設計崇尚簡約，取消隔板，橢圓形便斗讓人害羞到尿意全消，毫無隱私可言。旁邊的男子聲壯如湧泉，再來滴答滴答結尾，抖抖，豪邁離去。我居然連小便這件小事都辦不好！便斗弧度有其奧妙，接近排水孔標有隻蒼蠅圖案，以前沒發現這精巧的心思，盯著捨己為人的它，頓時腦袋放空，自然而然地尿了。我著魔般地輪流換樓層如廁，檢查每個便斗，無一例外全有蒼蠅！真是相見恨晚。

免役

從前身旁男性友人談論服役種種，我仍坐著喫茶，耳朵暫時打烊。雖然我是個男同志，貪慕長在別人身上的姣好體態，要我洗戰鬥澡，跟一夥掛著凶器的男性坦誠相見互遞肥皂，簡直比見鬼還驚悚！太矛盾了。認識自己的身體必須和心靈同步，我大約三十過後才接受這副皮囊，敢全裸泡溫泉。至於當兵議題再起，已然免疫，覺得事有蹊蹺，努力不懈追問到底。

失戀

木造房子過於潮溼，每本書慘遭蠹蟲吃到飽，牠們隨興所至咬出一部梯田，側看像等高線。我試著閱讀「銷量」最好的，亂無章法的結構，頁面斑駁字落漆，究竟作者曾微言大意什麼？糾結整晚，買了電子書，發光的螢幕句讀清楚，「對對對！我記得就是這樣！」歷經多次大清倉，使我頓悟：「怎樣才能除蟲才是關鍵吧！」

動詞

前任曾經對我說過這麼一句話：「我才二十幾耶！」我們相差十歲。性需求的比例存在極大落差，我要他不要，他要我不要，夜晚背對背生悶氣，夢做得窒礙崎嶇。流浪幾具發燙的身體，鑽木取火般萌發愛意，我才意識到性與愛是組動詞，起碼在進行的當下那愛是真心實意的。太久沒驅動，變成名詞的話就是兩性專家探討的議題，壓根脫離人性沒有愛。

夢話

編劇的工作之一是模擬對白。你筆下人物該怎麼說話決定貼合與否，但比起知道他人姿態，了解自我更重要。有個前輩睡前在床頭放錄音機，按下錄音，記錄整晚夢囈；隔日邊聽邊打逐字稿，謄寫連結心靈暗角的對話。怎麼面對另一面的自己呢？夢話比醒時說得任何一句話都誠實，要是有枕邊人，他做何感想呢？

善舉

我好喜歡被詐騙唷！交友軟體總有相片如溽夏陽光加持過的男子，東彎西拐地交換彼此局部身世，我為人實在，丟出一句「重磅」資訊：「我是溫體豬五花喔！」對方獻上👏符號，補充肉肉的最好抱。不揭穿的話，腦公腦公親膩吹捧好幾日，但他提及有無興趣投資比特幣就完了！封鎖、刪除。單身者的免費張老師，以假亂真填補空白，在感情低潮時，他們送我一段全糖的時光。

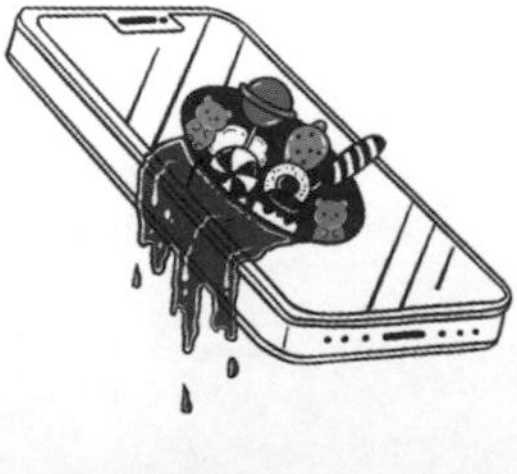

遺言

殘暴的西北雨殘暴過後，公園冒出舉家遷徙的蝸牛，牠們匍匐前進，害我遛狗時左閃右閃差點扭到腰。但疾行的UBike和慢跑者顧不及地面動靜，ㄆㄧㄚˋ，馱負的殼碎裂地極美！我蹲下來凝視軟體動物的遺容，像團摻水過多的麻糬。身後陸續傳來ㄆㄧㄚ聲的平上去入，死亡的聲音是這樣的短促，像對世界的不公發出最積極的抗議。

關機

筆電死當了。我像個蒙古大夫依循網友指引，手指同時長按幾個鍵，數十秒，鬆開，如無回應重複上個步驟，根本是在幫電腦做心肺復甦嘛！搶救無效，進行中的稿件懸在某處，支離破碎不成話語。我忽然想起過世的外婆，身體藏著腫瘤，歲數大開不開刀都危險，當她徹底關機時，沒有人可以再讀取記憶。無論這一夜或那一夜，束手無策地令人沮喪。

夢時年

新人間叢書　三九九

作　　者—周紘立
副總編輯—羅珊珊
責任編輯—蔡佩錦
校　　對—蔡佩錦　江淑霞　周紘立
封面設計—吳佳璘
內頁繪圖—雨魚
行銷企劃—林昱豪

總 編 輯—胡金倫
董 事 長—趙政岷
出 版 者—時報文化出版企業股份有限公司
一〇八〇一九臺北市萬華區和平西路三段二四〇號
發行專線—（〇二）二三〇六—六八四二
讀者服務專線—〇八〇〇—二三一七〇五・（〇二）二三〇四—七一〇三
讀者服務傳真—（〇二）二三〇四—六八五八
郵撥—一九三四四七二四時報文化出版公司
信箱—10899臺北華江橋郵局第九九信箱

時報悅讀網—http://www.readingtimes.com.tw
思潮線臉書—https://www.facebook.com/trendage/
法律顧問—理律法律事務所　陳長文律師、李念祖律師
印　　刷—勁達印刷有限公司
初版一刷—二〇二三年十一月三日
定　　價—新臺幣四二〇元
（缺頁或破損的書，請寄回更換）

時報文化出版公司成立於一九七五年，
一九九九年股票上櫃公開發行，二〇〇八年脫離中時集團非屬旺中，
以「尊重智慧與創意的文化事業」為信念。

夢時年／周紘立著. -- 初版. --
臺北市：時報文化出版企業股份有限公司, 2023.11
296面；14.8x21公分. --（新人間叢書；399）

ISBN 978-626-374-398-4（平裝）

863.55　　112016007

ISBN 978-626-374-398-4
Printed in Taiwan